A CASA DOS PESADELOS

MARCOS DeBrito

A CASA DOS
PESADELOS

ALGUNS TRAUMAS SÃO DIFÍCEIS
DE SUPERAR. OUTROS, SERIA
MELHOR ESQUECER.

COPYRIGHT © FARO EDITORIAL, 2018

Todos os direitos reservados.
Nenhuma parte deste livro pode ser reproduzida sob quaisquer meios existentes sem autorização por escrito do editor.

Diretor editorial **PEDRO ALMEIDA**
Preparação **TUCA FARIA**
Revisão **GABRIELA DE AVILA E CAMILA FERNANDES**
Capa e diagramação **OSMANE GARCIA FILHO**
Imagens de capa © **PHILIPPE JOZELON E NIKKI SMITH | ARCANGEL**
Ilustrações de miolo **RICARDO CHAGAS**

Dados Internacionais de Catalogação na Publicação (CIP)
(Câmara Brasileira do Livro, SP, Brasil)

DeBrito, Marcos
  A casa dos pesadelos / Marcos DeBrito. — 1. ed. — Barueri, SP : Faro Editorial, 2018.

  ISBN: 978-85-9581-009-9

  1. Ficção brasileira 2. Suspense - Ficção 3. Terror - Ficção I. Título.

17-09363   CDD-869.3

Índice para catálogo sistemático:
1. Ficção : Literatura brasileira 869.3

1ª edição brasileira: 2018
Direitos de edição em língua portuguesa, para o Brasil, adquiridos por **FARO EDITORIAL**

Avenida Andrômeda, 885 - Sala 310.
Alphaville – Barueri – SP – Brasil
CEP: 06473-000 – Tel.: +55 11 4208-0868
www.faroeditorial.com.br

PENSAR O PASSADO PARA COMPREENDER
O PRESENTE E IDEALIZAR O FUTURO.

HERÓDOTO

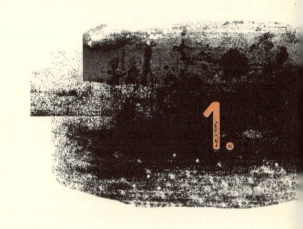

FAZIA SILÊNCIO DENTRO DO VEÍCULO QUE ATRAVESSAVA UMA rodovia vicinal do interior, após longas horas de estrada. Eram poucas as avarias no asfalto, marcado apenas por pequenas rachaduras, porém o carro sacolejava como se estivesse passando as rodas em uma trilha esburacada de terra.

Ao volante, Laura não deixou de reparar no filho mais velho, que, ansioso a seu lado, balançava uma das pernas freneticamente. O adolescente, de roupas largas e cabelos desgrenhados, buscava a fuga para suas aflições na música alta que tocava em seus fones de ouvido, encarando a paisagem bucólica pela janela sem enxergar nada além do que o perturbava em pensamento.

— Filho... — Laura se dirigiu a ele com carinho, mas não foi atendida. — Tiago! — Empostou mais a voz.

O rapaz prontamente se virou para a mãe, incomodado por ter sido arrancado de seu devaneio, e afastou o aparelho das orelhas para escutá-la.

— Quer parar pra tomar uma água com açúcar?

Tiago não entendeu a indireta. Buscou algum tipo de cumplicidade no olhar do irmão mais novo, sentado no banco de trás, mas Bruno também não parecia estar a par das intenções da mãe.

— Por quê? — Limitou-se a ser direto.

Sem desviar os olhos da estrada, Laura procurou pelo caçula no retrovisor.

— Tudo bem aí atrás, Bruninho?

— O carro tá tremendo — respondeu.

Bastou ela sorrir para o filho mais velho entender que era de sua perna inquieta que estavam comentando. A contragosto, Tiago parou de sacudi-la e não deu margem a novas conversas, voltando a encarar a janela, nitidamente apreensivo com a viagem.

O jovem nem sempre foi de poucas palavras. No entanto, desde a última vez que percorreram aquela mesma estrada, quase uma década atrás, seu comportamento arredio soterrara qualquer resquício de talento social. Gostaria de afastar as divagações sobre um passado confuso cuja lembrança o torturava, mas via-se indo em direção ao epicentro da tormenta.

Laura, sempre comedida na abordagem com o filho, sabia que o silêncio desconfortável no automóvel era sinal de que ele talvez não estivesse pronto para voltar, mesmo após tantos anos. Contudo, em algum momento, seu mais velho teria de enfrentar os medos antigos para se tornar um adulto confiante e preparado para outros problemas com que a vida ainda haveria de brindá-lo.

— Eu acho que vai ser bom, filho. — Aproveitou para tentar oferecer uma solução hipotética ao assunto que o angustiava: — Mas, se for muito difícil passar a noite na vó Célia, a gente arruma uma pousada.

— Não sou mais criança!

Apesar da rispidez no rebate, sua tentativa de encerrar o assunto não foi o suficiente para fazer a mãe desistir de falar:

— Tenta ver pelo lado prático. Essa visita pode ser uma oportunidade pra você esclarecer o motivo de ter ficado com esse medo todo da casa — sugeriu, esperançosa de que algumas palavras sensatas pudessem atrair a disposição do adolescente.

Antes de Tiago contestar, Bruno se intrometeu na conversa:

— O que tem na casa da vovó?

— Não tem nada! — Laura fez questão de inibir de imediato qualquer interpretação mirabolante vinda da cabeça do mais novo. — Acontece que o seu irmão começou com umas histórias quando tinha a sua idade e não teve cristo que as tirasse da cabeça dele.

— Do quê?

Para evitar uma resposta da mãe, o adolescente a censurou com o olhar, sugerindo que aquele não era um assunto a ser tratado com um menino de 6 anos.

— Coisa boba que criança gosta de inventar, filho. — Prontificou-se a dar uma explicação evasiva, respeitando a vontade do mais velho. — Mas sempre que eu falava de visitar a casa da sua avó, o Tiago se trancava no quarto e fazia uma birra absurda. Só melhorou depois que uma tia começou a conversar toda semana com seu irmão pra tentar entender direito por que ele tinha criado essa história.

— Que tia?

— Minha psicóloga, Bruno — Tiago atravessou. — A mãe tá falando que eu tenho problema na cabeça.

— Eu não disse isso! — Laura se irritou com as palavras colocadas em sua boca. — Só estou explicando pro seu irmão a razão de ele nem se lembrar direito da avó. Depois de dez anos, essa foi a primeira vez que você não criou caso pra vir para cá. Se foi a terapia que te convenceu, que bom! Mostra que você tá progredindo.

O comentário foi indelicado e ela se deu conta da grosseria assim que escapou dos seus lábios. Conhecia o filho bem o suficiente para saber que aquelas palavras impensadas, embora não tivessem a intenção de magoá-lo, bastariam para fazê-la perder o pouco da atenção conquistada.

No rosto do rapaz estampava-se uma apatia enganadora. O único sentimento decifrável era sua vontade de pôr um fim à conversa.

— Explica agora por que o Bruno tem o pulmão estragado — Tiago provocou, antes de escapar de volta aos seus fones de ouvido.

— Eu tenho pulmão estragado?! — Assustou-se o pobre garoto.

— Não, Bruno, você não tem o pulmão estragado! Já te falei que é só asma. Seu irmão vem com besteira quando quer fugir de assunto que ele não gosta de discutir.

Era fato que, apesar de o menino levar uma vida normal, cuidados eram necessários para que suas crises não fossem tão severas. Bruno tinha predisposição genética para a doença e esse era o fator mais preocupante. Portanto, era imprescindível que ele tivesse sempre à mão uma bombinha para o medicamento preventivo diário e outra com broncodilatadores, para os ataques noturnos. Seus pulmões chiavam com frequência e Laura jamais correria o risco de ver mais alguém de sua família adoecer gravemente por complicações respiratórias.

* * *

Ainda que Tiago ansiasse por algum contratempo que o impedisse de chegar ao destino, o restante do trajeto foi mais rápido do que o esperado. Quando o carro estacionou na pacata rua onde ficava o antigo casarão de sua avó, o sol ainda brilhava, clareando a fachada do endereço para lhe reapresentar o palco de seus medos mais profundos.

O primeiro a sair em disparada, logo com a parada do veículo, foi Bruno, exausto pelas horas sem poder esticar as pernas. Ele correu em direção à porta, sob a advertência de Laura para tomar cuidado enquanto abria o porta-malas para buscar as bagagens.

Receoso em abandonar o automóvel, Tiago encarava a casa pela janela, nitidamente incomodado por estar em frente à construção que tanto o assombrava. Se tivesse a opção, jamais retornaria. Porém, não queria atravessar toda a adolescência com horror de algo que sua terapia o fizera questionar se de fato era real. Para ter uma vida adulta livre de temores ingênuos, ele reconhecia a necessidade de ter que rejeitar sua covardia. Precisava certificar-se de que o que vira quando criança era apenas fruto da sua imaginação.

Sem pressa, o jovem alcançou a maçaneta e pôs-se de pé ao lado do carro, repudiando a nostalgia desagradável que a imponente casa dos pesadelos lhe trazia ao relembrar a última vez entre suas paredes.

2.

POUCO MAIS DE DEZ ANOS ANTES, ENTRE OS MUROS do casarão centenário, Tiago, ainda menino, corria alegremente pelo piso revestido em madeira escura do corredor da entrada para cair nos braços aconchegantes de sua avó Célia.

— Saudade do meu netinho! — Ela o recebeu com um abraço caloroso.

— Não vai derrubar a vovó, Tiago — a mãe o advertiu, cruzando a porta com as malas.

Célia passara dos 65 anos e as complicações da idade vieram cedo, obrigando-a a andar sempre acompanhada de uma bengala, já de ponteira desgastada pelo longo tempo de uso.

— Deixa, Laura. Vai guardar as sacolas lá em cima. — Dispensou a filha para poder aproveitar um momento com o neto, observando-o com a alegria de uma avó amorosa. — Olha só como está um menino moço!

— Eu tenho seis. — Mostrou-lhe a idade com os dedos, vaidoso por saber contar.

— Seis?! Ah, não pode! — ela brincou. — Tudo isso já?

O garoto acenou positivamente com a cabeça, orgulhoso dos vastos anos de experiência de vida que carregava sobre as pequenas pernas.

— Então não pode mais dormir com a mamãe. Ou vai querer que a vovó monte o seu berço de bebê?

Ele cerrou as sobrancelhas em um aborrecimento infantil encantador, fazendo Célia abrir um novo sorriso.

— Corre lá pra cima que eu deixei arrumado um quarto todinho só pra você.

Não foi preciso repetir. Tiago correu para o outro andar, fazendo ranger a madeira da escada velha com suas pisadas, e foi em direção a uma porta no lado oposto aos degraus do largo corredor onde ficavam os dormitórios. Tentou abri-la, mas parecia estar trancada.

— Filho... — Laura o chamou, apontando com a cabeça para o cômodo certo. — Aqui.

Ao cruzar a entrada de onde dormiria, o menino se dispôs a testar a resistência do colchão com pulos vigorosos.

— Desce! — mandou a mãe, depositando a mala em um dos cantos. — Deixa a vó Célia te pegar pulando na cama pra você ver.

O tom da ameaça foi suficiente para fazê-lo sentar, comportado, embora, para ele, aquilo não soasse como algo que sua avó carinhosa faria.

— O quarto dela é aqui do lado, hein! — continuou. — Não parece, mas a vovó Célia é brava. Se fizer muita bagunça ela vai vir aqui te dar uma bela bronca. Então, se comporta! — Beijou-lhe a testa e saiu para desfazer a própria mala no aposento onde sempre ficava acomodada.

Sozinho no quarto que seria todo seu durante o feriado, o pequeno resolveu atender sua inata curiosidade infantil. Não satisfeito em apenas observar os adornos de carpintaria dos móveis antigos de madeira escura, vasculhou as gavetas sem saber o que procurava e arrancou as lascas de tinta velha descascando na parede.

Ao lado da cama, a claridade entrando pela única janela do dormitório quadrado convidou-o a conhecer a vista. O cenário campestre fez o menino apreciar a calma do interior, tão diferente da agitação da metrópole onde vivia.

Para receber o ar que balançava suavemente as árvores no terreno vizinho, Tiago resolveu abrir a vidraça. Usou toda a sua força para erguer a guilhotina, mas ela parecia colada.

Determinado, o garoto pôs as duas mãos para tentar separá-la da guarnição com mais alento. Estava concentrado em sua meta impossível quando viu, pelo reflexo do vidro, a avó chegar sob a ombreira da porta.

Influenciado pelo alerta da mãe sobre o possível castigo, ele se afastou de imediato para não ser pego fazendo arte.

— Essa janela está travada — Célia informou com um sorriso. — Você não vai conseguir que entre vento por aí, mas pelo menos terá uma boa vista de tudo.

Percebendo a apreensão do neto, ela entrou no aposento devagar com sua bengala e sentou-se no leito, convidando-o a fazer o mesmo.

— Vem aqui pra eu olhar pra você. — Bateu gentilmente no colchão e o menino se achegou ao seu lado.

Radiante, a idosa não continha a imensa alegria de finalmente tê-lo em sua casa.

— Como virou um meninão bonito! Está lembrando o seu avô. — Bagunçou-lhe os cabelos num carinho e sussurrou, como se confidenciasse um segredo: — Não vai acreditar no que a sua mãe fala da vovó, hein. Aqui você pode fazer de tudo! Não tem coisa melhor do que uma criança deixando esta casa velha de cabeça pra baixo.

O receio de Tiago foi amenizado quando ouviu que não era ela quem, de fato, não tolerava diabruras.

— Corre lá pra cozinha que eu assei um bolo bem gostoso pra quando vocês chegassem. — Célia se apoiou na bengala para erguer o corpo cansado e acompanhar o neto até o andar de baixo, mas o menino esfomeado já alcançava a escada.

O garoto se apressou nos degraus, cruzando o corredor térreo em frente à porta do casarão, para saborear com gosto a receita da avó.

APÓS MUITO RELUTAR, O ADOLESCENTE TIAGO RESOLVEU CRU-
zar o umbral que há tantos anos fora deixado para trás. Ao colocar os pés no assoalho do corredor de entrada com a mochila pendurada no ombro, viu a avó parada no caminho, abraçando Bruno de forma calorosa. Parecia estar assistindo, em terceira pessoa, ao próprio passado sendo representado pelo irmão.

Quando Célia reparou no neto estacado à porta, paralisado pelo desconforto de estar mais uma vez entre aquelas paredes, deixou o menino e caminhou em sua direção a passos vagarosos com a inseparável bengala de ponteira gasta.

— Tiago... — Ela abriu um largo sorriso. — Olha só pra você!

A idosa recebeu o jovem com imensa alegria. Ela o envolveu afetuosamente nos braços, mas o rapaz continuou inerte, apenas reparando nas novas rugas riscadas em seu rosto ao longo do tempo e na falta de tinta revelando o branco nas raízes dos cabelos presos. Mesmo que nas lembranças remotas ele não guardasse a impressão de a avó ser uma escrava da vaidade, a década que passou não pareceu ter sido caridosa com sua aparência.

— Não dá nem pra acreditar que você era do tamanho do Bruninho da última vez que me visitou. — Desarrumou-lhe a cabeleira com a mão, como fazia na infância. — Fico contente que tenha finalmente resolvido voltar, meu amor.

Apesar das palavras de boas-vindas, a expressão de Tiago permaneceu inalterada. Ele ainda não sabia como agir na casa e pouco lhe importavam os chamegos.

— Leva suas coisas lá pra cima, vai. É no mesmo quarto que você ficou da outra vez. — A avó indicou-lhe as escadas e voltou-se à cozinha. — Depois, vem comer um bolo quentinho.

Com uma postura muito distinta da que tivera em sua antiga visita ao casarão, o rapaz não mostrava empolgação alguma para chegar ao piso de cima. Preferiria dar meia-volta, entrar no carro e partir para a estrada, mesmo sem habilitação para pegar o volante. Só não o fez porque determinara para si que seus medos seriam confrontados. Na esperança de cumprir essa promessa, restou-lhe se revestir de toda a coragem e subir os degraus.

No segundo andar, a primeira coisa que seus olhos buscaram foi a emblemática porta fechada do outro lado do corredor. Sem conseguir desviar sua atenção do misterioso dormitório, ele caminhou, apreensivo, até o cômodo onde ficaria hospedado.

Ao cruzar a soleira do aposento já conhecido, a disposição dos móveis o fez mergulhar no passado. O guarda-roupa de madeira escura no canto, cobrindo falhas na tinta da parede, e o leito no centro, recebendo a tímida claridade do crepúsculo, permaneciam nos mesmos locais de que se lembrava.

Antes de afundar no mar revolto de suas memórias, Tiago buscou algo para não se afogar em suas águas tormentosas. Os dedos tatearam a fechadura em busca de uma chave, mas o encontro lhes foi negado. Não havia como trancar a porta.

Descontente, ele largou a mala no piso taqueado e se jogou na cama. Seu olhar fixo no teto não expressava o tédio tão comum aos adolescentes obrigados a passar um fim de semana na casa dos avós. Suas vistas estavam atentas, em alerta, rememorando algo incompreensível em busca de resposta.

Acompanhando a recordação que o assombrava, virou-se para a vidraça fechada a seu lado e encarou, através do reflexo, o vão aberto da porta do quarto. O espaço vazio na entrada o ameaçava com a lembrança do que vira ali em certas madrugadas quando menino.

Um tenebroso ruído cadenciado de madeira batendo no assoalho ecoava na mente de Tiago, distanciando-o da realidade tal qual um som hipnótico de regressão.

Como se tivesse retornado à primeira noite que passara naquela residência durante a infância, seus olhos enxergavam agora apenas a escuridão. Na penumbra do corredor, observada como um reflexo daquela mesma janela dez anos no passado, uma estranha figura ganhava forma nas trevas conforme o rumor se aproximava do aposento. O luar era o único responsável por revelar debilmente os contornos abrigados no breu, tornando indecifrável a bizarra quimera escondida nas sombras.

Ao parar, a poucos passos da porta, o misterioso barulho também se interrompeu, delatando ser a marcha coxa de uma criatura demoníaca contemplando o menino em silêncio. O monstro não ousou adentrar o quarto, mas sua presença era suficiente para aterrorizar o imaginário do garoto desperto, que via apenas o rosto indefinível de um ser desfigurado, com os cabelos crespos esvoaçados.

Essa lembrança apavorante, que fizera Tiago nunca mais retornar àquela casa, foi de súbito atravessada por outro ruído mais concreto vindo do jardim. De volta ao presente, o jovem saiu da cama e perseguiu o chiado áspero de cordas raspando numa tora de eucalipto.

Ao lado do aposento proibido havia uma janela com vista para o pátio. O adolescente pôde ver, através da moldura, seu irmão sendo empurrado por Célia em um dos dois assentos do balanço rústico que enfeitava o quintal.

Não demorou para ele descer as escadas e cruzar a saída dos fundos, a fim de observar o pequeno Bruno brincando alegremente com a avó. Queria encontrar algo que o ajudasse a superar o inexplicável incômodo que sentia naquela morada.

Assim que percebeu Tiago espiando-os sem arredar o pé da soleira, a mulher inventou uma desculpa ao mais novo para poder trocar algumas palavras com o neto que fazia tanto tempo não via.

— Melhor entrar, Bruninho. Não quero sua mãe me culpando se você ficar resfriado.

De nada serviram os resmungos do menino. Com o sol se escondendo, a friagem do final de tarde dava sinais de que aquela seria uma noite típica de inverno.

— Vai, vai, vai, que já está serenando — apressou a avó, fazendo-o abandonar a cadeira suspensa pelas cordas e correr para dentro.

A idosa alcançou sua bengala apoiada na tora de sustentação lateral e, com seu passo lento, caminhou até chegar ao lado de Tiago.

— Você era um que adorava esse balanço. Mal acordava e já corria aqui pro quintal. "Vovó, vovó, mais alto! Eu quero voar!" — Ela sorriu com a lembrança, que de nada adiantou para tirar a expressão de indiferença do neto. — Tem alguma recordação disso, meu amor?

O jovem buscou relembrar a sensação de se divertir com a avó naquele mesmo jardim, com seu corpo sendo embalado ao vento, mas sua memória estava presa a um passado nebuloso que ofuscava qualquer sentimento de encanto que pudesse ter vivenciado no casarão. Como resposta, não deu palavras. Limitou-se a balançar negativamente cabeça.

— É que faz muito tempo — ela argumentou sem perder a gentileza. — Fica mesmo tudo meio confuso na cabeça.

Não era apenas por causa da mudez de Tiago que Célia estava magoada. Seu neto fitava a grama, as nuvens, os pássaros que cruzavam as vistas... tudo, menos seus olhos, ávidos por contato.

Como não teve êxito na tentativa de despertar a atenção do rapaz por meio dos momentos festivos, ousou avançar indiretamente para o tema que, bem sabia, o incomodava:

— Do que você se lembra, Tiago, daquela última vez que vocês vieram?

A questão fez a fisionomia do adolescente ganhar novos contornos. Indecifráveis, porém visivelmente distintos da apatia exibida desde que chegara. Ele procurou uma lembrança asilada no canto mais escondido da mente e a trouxe de volta para poder responder, num tom acusador:

— Do quarto... — Virou-se para ela, encarando-a pela primeira vez como se a recriminasse.

— Do quarto? — Célia estranhou.

Ela parecia não ter ideia do que seu neto queria dizer. Foi sua vez de ficar em silêncio, vasculhando, na memória frágil de anciã, os motivos para aquela resposta atravessada.

Quando reparou em Tiago mais uma vez se esquivando dos seus olhos, tornando a colocá-los no invisível do horizonte, enfim compreendeu a que ele se referia com tanta amargura.

— Mas, meu amor... aquilo foi uma coisa tão boba... — Adociocou a voz, no anseio de que suas justificativas acalmassem o ânimo do jovem. — Se for te ajudar a superar qualquer mal-estar que tenha ficado entre a gente, eu peço desculpa. — Cruzou as mãos no peito, implorando perdão. — Não quero ficar aqui plantando lembranças na sua cabeça, mas saiba que você se divertia aqui e não era pouco! Você sentava ali, no mesmo lugar em que o Bruninho estava, e a gente conversava a tarde toda enquanto eu te empurrava até os meus braços pedirem pra parar.

Tiago aparentou boa vontade ao deitar os olhos mais uma vez sobre o balanço de corda, a fim de abandonar o desconforto enigmático que o tomava por inteiro quando estava na casa.

A avó, percebendo que ele abria timidamente a guarda, aproximou-se mais um pouco, como se tentasse acariciar um animal selvagem distraído, e apelou ao saudosismo de uma época em que foram muito próximos.

— Você gostava de conversar com a vovó, Tiago. E eu também adorava conversar com o meu netinho. — Arriscou desarrumar-lhe os cabelos, como fazia na infância, mas o jovem se afastou com brusquidão, repudiando a carícia.

Diante da reação nada amistosa do neto, Célia voltou a esconder-se por trás de um sorriso compreensivo, fingindo não haver nada de errado.

— Vou procurar sua mãe pra me ajudar com o jantar — desconversou, indo em direção à porta.

Apático, o rapaz nada fez para aliviar o desânimo da mulher em busca de reconciliação. Apenas a observou caminhar, cabisbaixa, para o interior da residência.

— Tiago... — Ela se fez ouvir uma última vez antes de entrar. — De coração, meu amor... Não procure as lembranças que te incomodam só pra ficar remoendo os sentimentos ruins. Busque, ao menos, a recordação das coisas boas que esta casa deixou em você.

Passada a mensagem, a porta do fundo bateu por trás das costas da idosa e o adolescente voltou ao seu tão estimado mundo solitário.

Sozinho, ele pôde contemplar com mais calma o jardim, desejando encontrar algo que o fizesse recordar algum momento de euforia. Contudo, o ocorrido naquela remota madrugada maldita parecia ter soterrado por completo qualquer resquício de ternura que pudesse sentir por aquele local.

* * *

Com o cair da noite, o aroma de uma ceia farta e bem preparada juntou todos à mesa de jantar. Ainda era cedo para a principal refeição noturna, mas Bruno parecia não se incomodar com o horário. Mesmo sem fome, ele engolia com vontade tudo o que era colocado em seu prato.

— Sua vó vai achar que eu não te dou comida — brincou Laura, feliz de ver seu menino se alimentando mais que de costume.

Célia estava contente por seus dotes culinários agradarem o neto mais novo, mas ao reparar em Tiago à ponta oposta da mesa, mexendo na comida como se estivesse entediado, perdeu a alegria.

— Laura... — Ela fechou o rosto, indicando que o assunto não seria agradável. — Tive uma conversa interessante com o Tiago hoje à tarde.

— Ah, é? — Reconheceu no tom da voz de sua mãe a vontade de desabafar. — E eu posso saber ou é melhor nem perguntar?

— Descobri que ele se lembra muito bem do motivo de não querer ter vindo mais visitar a avó.

Curiosa, Laura encarou o filho, buscando em sua fisionomia algum vestígio de incômodo pelo que estava prestes a ser revelado. Mas, como sempre, o adolescente se mostrava impassível, preferindo continuar fincando os vegetais no prato do que se importar com as críticas que surgiriam por parte da idosa contrariada.

— É por causa da bronca que eu dei na frente do quarto do seu pai quando ele era menino — disparou a avó, largando os talheres. — Pelo menos disso ele me deixou claro que não se esqueceu.

— Não, mãe. Já levei muita bronca da senhora pra saber que não foi isso.

— Não vejo outra razão pro seu filho ter ficado tão arredio!

O jovem permaneceu indiferente mesmo após a acusação. No entanto, Laura não queria deixar a mãe remoendo aquela culpa.

— O Tiago era muito novo e ficou impressionado com o tamanho da casa quando foi dormir no quarto sozinho — esclareceu, com a intenção de lhe restaurar o ânimo. — Foi por isso que ele não quis mais voltar, mãe. O Tiago achou que viu algum tipo de assombração de madrugada e acabou ficando com medo. Foi só isso.

— Assombração? — Célia não podia acreditar no que escutava. — Mas que absurdo!

Quem ficou mais interessado na história foi Bruno, que largou os restos de comida no prato para se intrometer na conversa:

— Tem fantasma na casa da vovó?

— Pergunta pro seu irmão! — sugeriu Laura, jogando a responsabilidade sobre os ombros do filho mais velho, enquanto terminava de comer.

Ansioso pela resposta, o caçula chegou a arregalar os olhos, mas foi logo desiludido.

— Não quero falar — Tiago sentenciou.

— Por favor, me conta! Aposto que era um fantasma que flutuava arrastando as correntes pelo chão. — Abusou da imaginação, pintando aparições caricatas vistas em desenhos animados.

Sob o olhar de menosprezo do adolescente, o pequeno ergueu os braços e fez uma careta, emitindo murmúrios em uma representação pitoresca de um espectro nada assustador que causaria risos até em uma criança de colo.

De nada serviu o entusiasmo do mais novo. Seu irmão dera o assunto por encerrado e o descaso dele ao acenar negativamente com a cabeça serviu para lhe frustrar a expectativa.

— Vai! Fala pra mim! — Bruno insistiu mais uma vez.

Suas súplicas foram inúteis. Por mais que implorasse, Tiago não lhe dava ouvidos. Preferia terminar a comida no prato e voltar ao som ensurdecedor do fone pendurado no pescoço a compartilhar aquela história à mesa. Se o jovem retraído já era avesso a qualquer tipo de conversa trivial, expor uma situação particular em voz alta era algo completamente fora de cogitação.

Atenta do outro lado estava Célia, igualmente curiosa por conhecer a fábula assombrada, mas seu orgulho a proibia de questionar algo tão absurdo. Embora não admitisse, estava estampado em seu rosto o interesse em ouvir sobre o trauma do neto.

Laura, percebendo a vontade da maioria, apoiou os talheres no prato ao terminar a refeição e decidiu deixar a noite mais interessante.

— O Tiago jurava que tinha visto um monstro no quarto dele.

— Um monstro? — A avó se surpreendeu com tamanha bobagem.

— Mãe! — o adolescente prontamente a censurou, incomodado por ter sua intimidade revelada contra a vontade.

— Calma que eu só vou falar o que você disse pra psicóloga. Se fosse pra ser um segredo entre médica e paciente ela não teria me contado.

Um argumento não muito sensato, porém verídico. A regra da confidencialidade era aplicada na medida do possível, mas, para as ações de combate à ansiedade de seu filho, um diálogo aberto entre a psicóloga e Laura precisava ser estabelecido, inclusive para orientá-la sobre como proceder quando ele estivesse apresentando recaídas.

Na verdade, Tiago sentia-se mais incomodado pela preferência da mãe em sanar uma curiosidade velada no olhar da avó do que em acolher um pedido explícito seu — justamente o portador do referido transtorno.

Sem muito a fazer para persuadi-la a não divulgar o que sabia, analisou a afobação do mais novo sentado ao lado, ávido pelos detalhes de uma boa história de terror, e voltou a comer, não sem antes deixar de dar seu aviso:

— Você vai ter que trocar o lençol cheio de mijo do Bruno amanhã.

— Eu não faço xixi na cama! — revoltou-se o menino.
— Conta, mãe!

Apesar do aparente consentimento de Tiago, a mulher estava ciente de que as consequências de contrariá-lo poderiam surgir posteriormente em forma de desprezo, dificultando ainda mais o seu acesso ao adolescente. Fazia anos que ela buscava entrar em sintonia com seu gênio difícil, respeitando seus momentos de reclusão e jamais expondo-o a situações desconfortáveis.

Não querendo ferir o progresso da terapia, ainda mais no ambiente inóspito que o traumatizara, Laura encostou gentilmente a palma da mão na do jovem em cima da mesa e, com carinho, pediu mais uma vez sua aprovação para poder revelar a passagem.

— Filho... — quis ser ouvida com bastante atenção. — Acho que a gente pode tentar fazer aqui o que a doutora pediu. Se você começar a se sentir incomodado, é só me falar que eu paro. Mas isso pode ser bom pra ajudar você a se lembrar do que te fez construir essa história na cabeça. Tudo bem?

A entonação serena da mãe, acompanhada do olhar mendicante do irmão e da ansiedade da avó tornaram impossível negar o pedido.

Ele não deu consentimento em palavras. Simplesmente a deixou que fizesse conforme sua consciência permitisse, enquanto terminava a refeição para se ver longe da mesa o quanto antes.

— Então... — Laura deu início à narrativa de maneira sóbria —, da última vez que a gente veio pra cá, quando o Tiago tinha mais ou menos a sua idade, Bruno, ele não parava um segundo. Era que nem você, correndo pra todo lado fazendo bagunça. Estava super contente de ter vindo pra casa da vovó. Ele era uma criança feliz. Não era, mãe?

— Muito! — confirmou a idosa, com a esperança de um dia seu neto voltar a ser o mesmo.

— Só que depois da primeira noite ele começou a reclamar que estava com medo de dormir, porque havia encasquetado que tinha assombração na casa. Cansei de falar que era pesadelo, que aquele tipo de coisa não existia... mas não serviu de nada. Acordei um dia e o seu irmão tinha sumido. Não estava no quarto, nem no quintal... Fui encontrar o Tiago quase na estrada já, no meio da rua, descalço e de pijama, tentando ir pra casa sozinho. E ele chorava, mas chorava tanto que chegava a soluçar. — O aperto em sua garganta com a imagem desesperadora do menino aos prantos copiosos a fez interromper o relato por um breve momento. — Lembro até hoje do abraço que ele me deu depois que eu disse que a gente ia embora.

— Isso foi um dia depois da bronca — Célia fez questão de apontar, amuada.

— Não foi a bronca, mãe! — Laura voltou a contestar sua teoria. — Eu vi nos olhos do Tiago que ele estava aterrorizado com alguma coisa. O que quer que tenha acontecido de madrugada, mexeu com a cabeça dele. E mexeu tanto que ele não conseguia nem me falar direito o que era.

Antes de adentrar o terreno do sobrenatural, a mãe encarou seu filho mais velho uma última vez, buscando eliminar a incerteza de que poderia mesmo revelar um segredo nunca antes comentado fora das paredes do consultório. No entanto, interpretá-lo era como procurar palavras numa folha em branco. Tiago escondia suas emoções com a maestria de um criminoso desumano ocultando um delito. Não gostava de ser analisado por ninguém e permanecia sempre distante de todos que buscassem entendê-lo.

Sem reconhecer no rosto do jovem qualquer respaldo emocional negativo, a mulher sentiu que poderia ir adiante. Olhou para o mais novo e aproveitou para dar contornos de suspense à fábula prestes a se tornar assustadora.

— O seu irmão jurava de pés juntos que uma assombração caminhava por estes corredores de madrugada. Ele ouvia um barulho estranho, de alguma coisa batendo no assoalho: "toc, toc, toc..." — imitou o ruído com o punho fechado acertando a mesa, para dar mais dramaticidade. — O Tiago dizia que esse era o som das passadas do monstro se aproximando, chegando cada vez mais perto da sua cama.

Bruno, arrebatado pelo atributo de trovadora do inferno de que sua mãe se cobrira, nem piscava, imaginando a situação como se a estivesse vivenciando.

Também atenta se encontrava Célia, bastante incomodada, observando a filha apresentar a história com teatralidade exagerada.

— Quando o Tiago me contou esse pesadelo pela primeira vez — Laura continuou, como um bardo diabólico —, falou que só tinha enxergado a tal criatura pelo reflexo da janela ao lado da cama. Que ela ficava parada fora do quarto, vendo ele dormir sem cruzar a soleira. Mas a psicóloga conseguiu arrancar outra versão. E nessa, ele deu a entender que teve uma noite em que a assombração resolveu, sim, entrar.

Com a chegada do clímax, o coração do caçula chegou a palpitar. Impressionado pela própria imaginação, estava em dúvida se queria continuar a ouvir o causo de horror ou se deveria preparar as mãos para tapar os ouvidos com a revelação da figura tétrica na iminência de ser exposta.

— O que o seu irmão acha que viu aqui de noite, Bruno, era tão assustador, tão monstruoso que, mesmo sem eu acreditar no que ele descreveu, fiquei apavorada só de imaginar a criatura. Ela tinha cabelos crespos esvoaçantes e uma das pernas parecia feita de madeira. Os olhos fundos, que o encaravam como se velassem seu sono, ficavam cavados num rosto completamente enrugado. No lugar dos dedos da mão, o que havia eram dentes amarelados que queriam mordê-lo. E a boca, toda desdentada, se escancarava, querendo devorá-lo enquanto ele dormia!

— Chega, Laura! — interrompeu Célia, ao perceber o mais novo ficando aterrorizado. — Você está assustando o menino com essa bobagem.

Bruno se manteve mudo, sem confirmar nem negar a suposição da avó.

O garoto, indeciso quanto a acreditar no conto tenebroso, buscou no irmão a confirmação daquela história. O olhar espantado do pequeno foi suficiente para Tiago entender sua vontade de ouvir dele se a criatura existia.

Apenas com um aceno de cabeça, o jovem aconselhou ao caçula ignorar o que acabara de escutar. Nem mesmo ele sabia se, de fato, o monstro era real. Aceitara retornar àquela casa justamente para poder encontrar algum sentido para os pesadelos que o assombravam e, de alguma maneira, pôr fim ao mal-estar presente desde a infância.

— Foi isso, Bruno — concluiu Laura, obedecendo à ordem de sua mãe. — Uma das poucas coisas em que eu e o seu pai discordávamos era o gosto pra filme. Ele deixava o seu irmão assistir a esses negócios de terror e você viu no que deu, né? — brincou, transferindo a responsabilidade, e se levantou para tirar a mesa.

O mais novo parecia em estado de choque, perdido na imagem grotesca formada em sua cabeça. Os contornos abstratos de como a aberração fora pintada por sua mãe não encontravam lógica no pincel mental do menino. Ele tentava criar uma figura, concebendo traços horripilantes para o lendário bicho-papão, mas sua descrição era muito obscura.

Intrigada, Célia preferiu não tecer comentários. Igualmente impressionada, optou pelo silêncio, a fim de não atrair mais atenção ao assunto pavoroso.

* * *

Com poucas opções do que fazer no restante da noite, além de admirar a beleza das estrelas enfeitando o céu interiorano — ou prestigiar a sinfonia noturna dos grilos —, Bruno estava sendo devidamente acomodado pela mãe na cama do quarto onde dormiria sozinho pelos próximos dias. Ela fazia questão de cobri-lo bem para que a queda da temperatura na madrugada não se tornasse a vilã de sua asma crônica.

— Onde é que ele mora? É no armário? — o menino questionava, sem conseguir tirar da cabeça a imagem medonha da criatura. — Ou fica embaixo da cama? É debaixo da cama, mãe?

Laura estava decidida a não responder indagações fantasiosas para não estimular ainda mais as chances de o pequeno ter pesadelos. A maior preocupação dela era com o excesso de pó na roupa de cama guardada, pois queria que o filho dormisse sem nada ameaçar sua delicada saúde pulmonar.

— Sua avó bem que podia ter batido melhor esta coberta — resmungou, tentando mudar o foco da conversa enquanto terminava de enrolar o caçula na manta grossa de lã.

— Em qual quarto o monstro fica? — ele continuou, sem dar ouvidos à queixa da mãe. — É no meu? Ele vai me pegar?! — Seus olhos arregalados indicavam que adentrava seriamente o perigoso terreno dos medos imaginários.

— Ninguém vai te pegar, Bruno! — afirmou com rispidez. — A única coisa perigosa aqui é esse cheiro de mofo. Tá com a bombinha? — Desviou a atenção do filho para um risco mais concreto.

Por debaixo da coberta, os braços do menino se desprenderam da manta apertada para mostrar o medicamento em sua mão.

— Se tiver falta de ar, não esquece que ela vai ficar bem aqui, ó. — Laura colocou o inalador sobre o criado-mudo ao lado da cama. — Qualquer coisa, me chama. Boa noite, filho.

A mãe deu um carinhoso beijo na testa do garoto, apagou a luz com o propósito de não permitir que ele demorasse para dormir e saiu do quarto, deixando a porta entreaberta para escutá-lo, caso tossisse muito durante a madrugada.

Fora da casa, apoiado na parede ao lado da porta de entrada, Tiago fumava tranquilamente um cigarro, enchendo os pulmões de fumaça na tentativa de relaxar o corpo antes de enfrentar sua primeira noite de sono na morada assombrada. Nos ouvidos, o fone preenchia a cabeça com música alta, buscando ensurdecer qualquer pensamento nocivo à sua saúde mental, trabalhada na terapia durante anos.

Apesar de estar beirando a fase adulta, ainda lhe respingavam os medos da infância. Com uma racionalidade maior, resultante do amadurecimento inerente aos anos de vida, sua visão do passado era constantemente questionada. No entanto, por mais que o avanço da idade se empenhasse em lhe aplacar a fantasia, a memória poluída pelos relances da criatura noturna em seu quarto o impedia de negá-la por completo. Não pareciam lembranças de um pesadelo horripilante, mas de algo real que ainda provocava arrepios.

Sobre sua cabeça, um céu dos mais belos era ignorado. Ao lado de uma lua gloriosa, as constelações disputavam espaço no campo celeste repleto de pequenos brilhos. Na ausência de luzes artificiais, além das fracas lâmpadas amarelas dos postes em frente às poucas casas da rua, as estrelas exibiam com vaidade toda a sua imponência.

Mas Tiago encarava apenas a rua deserta, alheio às formosuras apresentadas pelo mundo. O vazio entre a porta do casarão por trás de si e o mato mal carpido na margem oposta da alameda era o que ele mais reconhecia. Sentia-se à vontade sendo parte de um hiato, consumido pelo nada enquanto agredia suas células nervosas com a nicotina.

A paz da qual o adolescente usufruía em seu estimado isolamento foi açoitada com uma inesperada presença. Sob a tímida luz do pilar de madeira fincado no solo apareceu uma garota caminhando sozinha. A friagem da noite a obrigava a cobrir o rosto com o capuz do largo moletom e esconder as mãos nos bolsos da frente.

Centralizada no campo de visão do rapaz, ela interrompeu sua marcha e, ao notar que era observada, resolveu mostrar a face. Os longos cabelos lisos acastanhados e a pele bem branca, inimiga do sol, acentuavam o olhar triste que ela carregava.

Era costume de Tiago fugir de quem o encarava, mas talvez porque a menina aparentasse ter sua idade, ou um pouco menos, e também refugiar-se em fones de ouvido devido a uma aparente mazela implícita na fisionomia aborrecida, ele devolveu com os olhos sua dúvida sobre quem ela seria.

Mesmo afastados, os dois tentavam se decifrar num diálogo mudo, procurando respostas imaginárias para suas suspeitas.

— Não esquece de trancar a porta, Tiago! — ecoou ao fundo a voz de Laura.

A interrupção não foi suficiente para o filho deixar de encarar a jovem parada no meio da alameda. Sem responder, ele tragou mais uma vez a fumaça, imaginando o que a moça poderia querer ao permanecer parada a sua frente.

— Tiago! Não esquece de...

— Já ouvi! — respondeu, impaciente.

Aquela foi a desculpa para a garota abandonar a via dos carros e entrar no terreno. Ela tirou os fones da cabeça enquanto se aproximava do rapaz e ergueu uma das mãos, querendo um cigarro.

O típico comportamento apático dos adolescentes que julgam não dever nada a ninguém estava bem ilustrado na postura de ambos. Acompanhando os modos da visitante, Tiago também abandonou a música em seus ouvidos e lhe ofereceu o maço.

Sem cerimônia, ela colocou o enrolado de fumo entre os lábios e ficou à espera do fogo. Assim que o acendeu, jogou-lhe de volta o isqueiro de qualquer jeito, sem a menor preocupação em agradecer, apoiou-se na parede ao seu lado e deu uma longa tragada, de olhos fechados. Reteve a fumaça por um tempo nos pulmões, absorvendo com prazer o alcatrão, antes de liberá-la com reclamações:

— É tudo igual — ela disparou, fazendo referência à voz que escutara sair de dentro da casa. — É só ficar de boa que eles te pedem pra fazer alguma coisa. Se você quer ficar longe das merdas que eles falam, logo arrumam um jeito de te puxar de volta.

Como de costume, Tiago não abriu a boca. Sua principal forma de expressão sempre foi o silêncio e, apesar de a garota lhe ser atraente aos olhos, sua inaptidão social era muito mais forte e confortável que qualquer vontade de se comunicar. Ele apenas a escutava, encarando o horizonte.

Nem um pouco incomodada com a falta de interação do rapaz, ela o mediu de cima a baixo, admirando de perto o físico magro e o rosto simétrico de cabelos rebeldes. O sorriso espontâneo exibido pela jovem ao notá-lo poderia ser interpretado como flerte, caso ele tivesse percebido e fosse desprovido de fantasmas particulares que o impediam de fazer amizades.

— Sou a vizinha aí do lado — continuou seu monólogo. — Parte da família problemática que todo bairro tem. Se ouvir uns gritos vindo de lá, fica tranquilo que são só os meus pais brigando por quem foi que deixou a vida do outro mais miserável. Odeio aquele lugar!

Deu mais uma longa tragada e remoeu internamente seus problemas íntimos, calada. Mas não durou muito, pois gostava de reclamar e encontrara um ouvido para despejar suas queixas.

— Meu pai é o pior. Se fossem só as discussões, vá lá. Mas ele adora ficar me obrigando a fazer coisa que eu não curto, todo grosso. Um inferno! Depois vem me pedir desculpa como se fizesse alguma diferença. Aposto que o teu não faz tanta merda com o pretexto de ser superprotetor.

— Não vejo o meu velho faz tempo. — Tiago foi seco em sua única participação na conversa, saboreando o amargo da nicotina.

— Nem te conheço e já te invejo — rebateu, puxando o fumo uma última vez antes de apagar o restante na parede. — Melhor eu não dar motivo pra ser uma noite daquelas de novo! — Levantou-se e foi embora para casa sem olhar para trás. — Até mais, vizinho.

O jovem não se incomodou em se despedir. E, pelo jeito que ela abandonou a conversa, sem agradecer nem dizer o seu nome, não parecia esperar um adeus caloroso também. Era muito provável que nunca mais se encontrassem. Fato compreensível, devido ao talento do rapaz em afastar todos com sua aparente má vontade em conceder atenção.

De qualquer maneira, o encontro imprevisto trouxe-lhe algo diferente ao marasmo do dia e o distanciou por alguns momentos de seus pensamentos depressivos. Mas era hora de voltar e enfrentar o que tanto lhe afugentava o anseio de fechar os olhos na cama.

Aproveitou a última ponta do cigarro e o jogou na rua, retornando ao casarão.

Seus passos na escada pareciam pesar mais a cada novo degrau conquistado. No andar de cima, tentou ignorar o misterioso cômodo impenetrável do outro lado do corredor, mas não resistiu a arrostá-lo após estar abrigado entre as paredes do seu quarto.

Intimidado pelo próprio devaneio, Tiago fechou a porta e tornou a conferir os cantos na expectativa de encontrar a chave perdida pelo chão. Mesmo tendo decidido voltar à casa com a premissa de enfrentar os seus medos, não conseguiria fazê-lo logo na primeira noite.

Na falta do objeto que poderia deixá-lo trancado em segurança até o sol expulsar o breu da madrugada, o adolescente averiguou o aposento em busca de algo para tranquilizá-lo. Encontrou a solução no móvel mais próximo e o arrastou para a frente do batente.

Com a entrada devidamente obstruída, estirou-se na cama para tentar cair no sono, mas seus olhos vidrados no teto denunciavam a inquietação. Temendo, porventura, escutar os passos da temível criatura a perambular pela residência, colocou os fones de volta nos ouvidos e aumentou o volume até o máximo.

Sem mais o que fazer além de se permitir abraçar os pesadelos noturnos, apagou a lâmpada do quarto e foi cercado pela escuridão.

4.

ENCOBERTO PELO IMPALPÁVEL MANTO NEGRO DAQUE-
la madrugada remota, ressoou pelos corredores do casarão
silente o rangido áspero das dobradiças de uma porta sendo aberta nas trevas. Aos poucos, o ruído de algo lenhoso
batendo cadenciadamente no assoalho de madeira agrediu
a paz noturna.

Deitado em sua cama, com os olhos esbugalhados de
pavor, Tiago — ainda menino — não sabia o que pensar do
estranho barulho ecoando do lado de fora do seu aposento.
Para ele, parecia o passo de uma criatura perneta, vinda dos
abismos mais profundos do tártaro para assombrá-lo.

Temendo avistar o vulto desfigurado de um monstro,
o pequeno deu as costas para a entrada do quarto. No entanto, suas vistas curiosas não conseguiam abandonar a
imagem do vão aberto refletida na vidraça ao lado da cama.

A cada nova passada, que retumbava no piso atiçan-
do a fantasmagoria mental de Tiago, seu coração parecia lhe

querer rasgar o tronco, de tanto palpitar. No rosto alarmado, a lágrima do desespero quase caía ao perceber o trajeto do rumor indistinto apontando seu cômodo como destino.

Hipnotizado pelo reflexo na janela, o garoto estava paralisado de medo, rogando em silêncio para a criatura passar de sua porta sem importuná-lo à medida que o barulho das pisadas soava cada vez mais próximo.

Foi quando ele viu, envolta no negro manto das sombras, uma bizarra figura se desenhar na penumbra. O tímido luar vindo da janela não bastava para revelar as feições aterradoras da aparição, mas era o suficiente para fazer reconhecer sua forma grotesca.

Pela silhueta sombria refletida na vidraça, Tiago identificava apenas os cabelos crespos esvoaçados da assombração parada na frente do aposento. Aquela imagem tétrica de contorno obscuro, observando-o na escuridão, já seria suficiente para lhe trazer os piores pesadelos sempre que fechasse os olhos. Mas foi o ecoar de mais um passo no assoalho, o último dado pela criatura antes de estacar sob o umbral do quarto, que fez o menino começar a temer as noites naquela casa.

Os olhos da criança contemplaram com mais detalhes os aspectos tenebrosos do monstro à meia-luz. Em seu corpo volumoso, uma das pernas parecia ter sido amputada para dar lugar ao membro de madeira. Na cabeça enorme, de pele verdosa e enrugada, o rosto tinha a aparência de um cadáver inchado em putrefação, com as órbitas carcomidas pelos vermes que deixaram nada além do vazio das cavidades oculares, fundas e negras.

Mesmo que a medonha aberração se mantivesse hirta em sua vigília, apenas espiando sem adentrar o dormitório, Tiago não aguentou ficar enxergando o reflexo macabro daquele vulto hediondo cobiçando-o. Como se as cobertas tivessem o poder de protegê-lo do mal à soleira, pôs-se rapidamente debaixo delas e rezou, de dentro do seu intransponível forte imaginário, para que o fantasma retornasse ao lugar de onde viera.

Ao notar o menino acordado, a criatura agiu conforme suas preces fervorosas e regressou à escuridão. Com o afastamento, o som das batidas da perna de madeira no chão do corredor também foi ficando mais distante, até cessar por completo após um novo ranger áspero dos gonzos de uma porta indicar seu enclausuramento.

O tormento acabara, mas demorou para Tiago tomar coragem e verificar se realmente a assombração havia recuado aos abismos do inferno. Descobriu a cabeça devagar, apenas o suficiente para poder espreitar a janela. Para acalmá-lo da agonia, nada além da entrada vazia do quarto compunha o reflexo na vidraça.

Após notar a madrugada de volta ao seu caráter taciturno, sem barulhos obscuros ou monstros disformes para espantá-lo, o garoto se virou à entrada do aposento e encarou o breu da passagem aberta, receando ainda não estar sozinho.

Sem sair da cama, rastreou a penumbra para ter certeza de que a aberração não estava mais em seu encalço, quando os olhos caíram sobre a porta fechada do cômodo no outro lado do corredor.

Motivado pelo anseio de saber qual seria o antro onde a aparição se escondia, Tiago julgou ter encontrado seu covil.

* * *

O menino não pregara os olhos pelo restante da madrugada. Aguardou o primeiro raio de sol atravessar a janela para, só então, abandonar as cobertas a fim de aventurar-se fora do quarto, ainda em seu pijama.

Com os demônios afugentados pela bênção da claridade, ele teve a coragem de dar os passos em direção à porta que o instigava.

Parado em frente à ombreira, Tiago ensaiou inúmeras vezes erguer o braço para alcançar a maçaneta, mas estava temeroso. Como qualquer criança, suas ações, ainda que inconsequentes, eram guiadas pela curiosidade, porém, atravancadas pelo medo. Essa dualidade infantil — arriscar a própria segurança na busca por novas descobertas e ao mesmo tempo recusar-se a seguir adiante ao esbarrar no desconhecido — ilustrava bem o conflito em seu íntimo.

Atraído pela vontade de resolver o mistério, o garoto respirou fundo, alcançou o remate gelado de metal e seus dedos receosos começaram a forçá-lo para baixo bem devagar.

— Tiago! — Célia o chamou num tom opressor, fazendo-o se afastar da porta no susto. — O que você acha que está fazendo? — Aproximou-se na velocidade permitida por seu punho na bengala.

A avó verificou se o local estava devidamente trancado e agarrou o neto pelo braço com violência. Toda a sua expressão amorosa deu lugar àquela faceta rancorosa sobre a qual Laura alertara o filho quando chegaram.

— Eu não quero você mexendo neste quarto! Entendeu?! — ela o repreendeu, de forma um tanto exagerada, botando força no aperto da mão. — Responde, menino!

— Meu braço...

A idosa largou o neto, mas não renunciou ao seu posto no trono da opressão. Ela o olhava do alto de seu pedestal intolerante, como que condenando o pequeno à guilhotina.

— Esse era o quarto do seu avô e eu não gosto que fiquem bisbilhotando no que tem aí dentro! Você pode fazer o que quiser nesta casa, Tiago, mas nesse cômodo você não entra! Ninguém entra!

Acostumada ao hábito antigo das crianças de baixarem a cabeça respeitosamente quando uma pessoa de mais idade estava com a palavra, Célia não encontrou o comportamento esperado no menino. Ele a encarou de volta, com o ressentimento bem aparente no olhar, acariciando o braço dolorido.

Sem se intimidar pela careta atrevida do garoto, a mulher arqueou o tronco e posicionou o rosto na mesma altura do dele, aproximando-se o suficiente para deixar bem clara a seriedade de sua advertência.

— Eu também sei fazer cara feia! — Deu uma entonação mais grave e rouca para a voz: — E pode ter certeza de que, se precisar, a minha vai ficar muuuito pior que a sua. Não ache que sou como a sua mãe, que não soube te dar educação.

As sobrancelhas franzidas no rosto enrugado, marcado por olheiras fundas de aborrecimento, derrotaram a resistência de Tiago. Ele viu que as consequências para sua desobediência poderiam ser piores do que um braço roxo se continuasse a enfrentar a postura autoritária da avó. Portanto, cedeu-lhe a vitória, inclinando o pescoço como ela esperava que fizesse.

Célia endireitou a coluna, ostentando um sorriso triunfante, e voltou a se mostrar carinhosa, como se nada tivesse acontecido.

— Desce pra tomar café, meu amor. — Bagunçou-lhe os cabelos, como adorava fazer, e dirigiu-se às escadas.

Contrariado, o menino esperou até ela se distanciar para poder arrumar os fios da cabeça, em protesto. Apesar de magoado, menosprezar o afago da avó foi o ato culminante de sua revelia. A bronca de um adulto enraivecido costuma surtir efeito em crianças descobrindo seus limites, e com Tiago não foi diferente. Após o sermão enfático, obedeceria à regra da casa de respeitar o território proibido, pois uma próxima reprimenda pela mesma violação com certeza não seria das mais delicadas.

Restou-lhe encarar a porta, apreensivo, amargando a sensação de que a criatura da madrugada poderia estar asilada entre as paredes daquele quarto.

LOGO CEDO, ERA LAURA QUEM TERMINAVA DE ARRUMAR A MESA do café da manhã para ajudar sua mãe a aliviar o fardo de ter que sustentar o próprio peso sobre as pernas enfraquecidas pela idade.

Célia, em sua cadeira cativa na ponta, aguardava sentada a filha despejar o café coado em um bule, enquanto estranhava o neto mais novo, com o olhar cansado ao seu lado, fazendo força para aspirar o ar.

— O que o Bruninho tem?

— Sua roupa de cama empoeirada, mãe. É isso que ele tem! Só corticoide não resolve. — Foi incisiva ao apontar um culpado para a asma do menino durante a noite. — Ainda tem Berotec, filho? — perguntou, preocupada, ao depositar as xícaras na mesa perto do pão.

A medicação para as crises agudas vinha acompanhada da triste promessa de efeitos colaterais indesejáveis, como a obesidade e o retardo do crescimento, além de um possível aumento da pressão, glicose e tantos outros males na fase adulta. Por isso, era importante lembrá-lo de ter sempre à mão o tratamento preventivo por via inalatória.

Completamente indisposto, Bruno chacoalhou seu inalador, colocou-o nos lábios e pressionou a válvula, absorvendo uma dose precisa do remédio.

Da escada chegou Tiago e sentou-se à mesa, sem dar bom-dia nem tirar os fones das orelhas. Enclausurado em seu mundo particular introspectivo, ignorando a presença dos familiares à sua frente até que fosse exigida a sua atenção, alcançou o cesto de pães e foi preparando seu desjejum.

O irmão, que apesar de cansado pela noite maldormida o aguardava inquieto, virou-se para ele com a expressão assustada e confessou com a voz rouca:

— Eu ouvi, Tiago.

O adolescente encarou o caçula, buscando interpretar a declaração. Escutara bem, pois a música tocando em seus ouvidos estava baixa. Era apenas uma artimanha para evitar diálogos banais.

Sem saber detalhes do ocorrido, o rapaz buscou na mãe algo para ajudá-lo a entender melhor o relato. Ela, por sua vez, sugeriu, abanando as mãos, que não desse atenção ao mais novo.

— Eu ouvi os passos do monstro andando pela casa de madrugada — Bruno revelou, para total surpresa do jovem.

— Para com isso, hein! — interveio Laura, querendo acabar com o assunto. — Não vai começar com essa história você também.

— Ele veio na porta do meu quarto!

— Chega, Bruno! — Irritou-se com a insistência. — Já falei que não quero você inventando coisa feito o seu irmão!

Revoltado por não estar sendo levado a sério, o menino abandonou a mesa de forma brusca, quase derrubando a cadeira ao sair, e correu para o quintal, esquecendo de levar consigo a bombinha com o remédio para asma.

Sentindo-se culpada pela reação emocional do pequeno, a mulher sentou-se com as mãos na cabeça remoendo sua escolha equivocada da noite anterior.

— Foi contar pra ele aquela besteira, só podia dar nisso... — Célia expôs sem embaraço o que sua filha não queria ouvir.

— Eu sei, mãe! Já entendi! — esbravejou.

Arrependida por não ter acatado a sugestão de ficar calada quando deveria, Laura esmiuçava mentalmente suas alternativas para reverter o cenário. Não estava preparada para suportar a ideia de o filho menor também sucumbir ao mesmo trauma do mais velho. Ainda mais por causa de sua falta de juízo para discernir o que poderia, ou não, impressionar a cabeça imatura de uma criança.

— Tiago... — Voltou-se a ele com o olhar suplicante. — Você conversa com o seu irmão?

Em dúvida quanto ao pedido, o jovem encarou a mãe sem dar retorno. Incerto sobre como ajudaria, aproveitou para triturar com mais calma o alimento entre os dentes a fim de atrasar a resposta, mas os olhares ansiosos por sua posição, tanto da mãe quanto da avó, não o deixaram fugir da responsabilidade.

— Conversar o quê? — Quis ouvir o que poderia fazer, antes de aceitar.

— Faz seu irmão entender que essa coisa de assombração não existe. Que ele ficou impressionado ontem por causa da história, teve um pesadelo, sei lá... Fala a mesma coisa que você ouviu pra deixar de acreditar nisso.

Por mais que Laura tivesse traçado uma sugestão de abordagem, de nada serviria se proferida por ela. Para ter o efeito desejado, e aniquilar de vez qualquer desconfiança do mais novo em relação à existência de uma criatura na casa, as palavras teriam que vir do irmão de mais idade.

No entanto, o adolescente não aparentava estar disposto a fazer parte da encenação. Desviava-se dos olhos da mãe, procurando migalhas em seu prato como desculpa para não se envolver, na expectativa de que a indiferença o livrasse do papel para o qual havia sido escalado.

— O Bruno precisa ouvir de você que esse monstro foi coisa inventada da sua cabeça, Tiago. Me ajuda a não deixar que ele passe pelo que você passou. Por favor!

O apelo sentimental sincero fez o rapaz refletir. Ele conhecia as mazelas de um trauma mal resolvido e, se pudesse, faria o possível para o pequeno não conviver com os mesmos medos que o travaram a vida inteira. Apesar de reservado, sabia que era visto como um exemplo a ser seguido pelo caçula. Suas demonstrações de afeto podiam ser inexpressivas, mas Tiago estava longe de ser dotado de uma índole perversa.

Sozinho no pátio externo do casarão, Bruno estava em uma das cadeiras do balanço, sem embalar o corpo, cabisbaixo por seu relato ter sido menosprezado. Amuado, fingiu descaso ao ver o irmão cruzar a porta dos fundos e caminhar em sua direção.

— Ô... — Tiago jogou-lhe o inalador e sentou-se na cadeira do lado.

O menino guardou a medicação no bolso e ambos permaneceram mudos por um tempo, apenas desfrutando do momento de sossego no jardim.

Os dois se entendiam muito bem em silêncio. Longe dos adultos, não se provocavam e dialogavam quando podiam sobre assuntos de interesse comum. Não havia necessidade de palavras inúteis jogadas ao vento para demonstrar afeição. Uma mera troca de olhares entre eles era suficiente para um compreender o que o outro estava querendo dizer.

— Era igualzinho ao que ela disse, Tiago — resmungou o mais novo. — Você não ouviu?

— Ouvi o quê?

— Os passos de noite. Eram como a mamãe falou que você tinha escutado. Parecia que uma perna de madeira ficava batendo no chão.

O adolescente negou, balançando a cabeça.

— Juro que ouvi! Não foi pesadelo. Eu sei que não foi — Bruno voltou a insistir, recusando outras explicações. — A assombração foi chegando perto do meu quarto e eu fiquei com medo de me virar pra porta porque eu sabia que ela tava lá me olhando.

Sua fisionomia foi corrompida pela lembrança do ruído assombroso e ritmado vindo do corredor. A respiração foi novamente se tornando pesada ao imaginar como seria a figura tenebrosa do visitante maldito à sua espreita.

— Eu tô com medo — confessou o óbvio, buscando o remédio para descongestionar suas vias respiratórias. — Não quero que ela me pegue. Você fala pra mamãe que a gente quer voltar pra casa? — suplicou, aspirando o broncodilatador.

Tiago reconhecia os traços de desespero estampados no rosto do caçula. Era como encarar o próprio reflexo assombrado do seu passado. Preocupado com a sanidade do menino, sabia por experiência que não podia acatar seu pedido angustiado de convencer a mãe a partirem. Caso abandonassem a residência sem a certeza de o monstro não ser real, a mesma sina recairia sobre o pequeno. Sua prioridade era acalmar o irmão, trazendo uma explicação coerente para o acontecido.

— Se você não fosse tão moleque eu podia te falar de graça as paradas que a psicóloga cobra caro da mãe pra me dizer. — Tiago usou do paradoxo, fazendo uma sugestão negativa em busca do resultado oposto para fisgar a atenção.

— O que que é?

— Ela faz ter sentido essas coisas estranhas que passam na nossa cabeça. Só que não rola explicar isso pra criança. — Abusou mais uma vez da contradição. — É muito avançado, manja?

— Eu vou fazer sete anos já — contra-argumentou, entrando na armadilha.

— Sete? — Demonstrou uma surpresa encenada e recebeu um firme aceno positivo como reposta.

Nada mais eficiente do que o uso da psicologia reversa para convencer uma criança de que ela está no controle.

Dando continuidade à encenação, Tiago então fingiu que Bruno estava preparado para ouvir os segredos mais complexos da ciência dedicada aos processos comportamentais do ser humano e se ajeitou melhor no assento para iniciar sua explicação.

— Tá vendo aquilo ali? — Apontou para um enfeite fincado na grama, esculpido em madeira na forma de um pássaro.

— O cata-vento?

— É. Agora ele tá paradão, mas, dependendo de como o vento sopra, pode reparar que as asas de madeira ficam batendo uma na outra.

— E daí?

— Depois que a gente fica mais velho, as coisas começam a se mostrar como elas são na real. O que você acha que são os passos de algum monstro andando pela casa de madrugada podem ser só dois pedaços de pau se trombando no jardim.

Não demorou para o garoto entender o que seu irmão estava fazendo. Entristecido, ele tornou a baixar a cabeça, desiludido por estar sendo manipulado a desmerecer o próprio relato.

— Achei que pelo menos você acreditasse.

— Eu acredito no que você acha que ouviu, Bruno. Mas não quero que demore pra entender, como eu, que essa parada de botar culpa em assombração não vai te fazer bem. Tenta encarar o escuro só como a falta de uma lâmpada acesa. É ligar uma luz pra ver que os fantasmas que aparecem de noite não passam de uma sombra vinda da janela. Fica tranquilo que tem explicação pra todo tipo de monstro que aparece. Até pro que mora debaixo da tua cama — brincou, arrancando uma risada tímida do pequeno.

De forma providencial, uma inesperada rajada de ar refrescou a manhã com uma brisa que bastou para as asas do cata-vento começarem a bater. O barulho da madeira se encontrando conforme a intensidade do sopro matutino ilustrou bem a versão de Tiago.

Mesmo não estando totalmente convencido, Bruno deu uma chance à lógica apresentada pelo irmão. Sua fisionomia desanimada foi perdendo força e ele encarou o mais velho, acenando positivamente com a cabeça para lhe assegurar que estava disposto a acreditar na explicação.

Em pé ao lado da porta dos fundos, Célia admirava o cuidado do neto ao tratar do assunto com o mais novo. Os dois já caminhavam para dentro da casa, mas, antes de o adolescente também entrar, ela dirigiu-lhe a palavra, tentando nova aproximação:

— Foi lindo o que você fez, meu amor. A maneira como se importa com o seu irmão mostra que ainda está aí dentro o menino que eu conheci. — Agregou ao elogio um belo sorriso. — E meus parabéns também pela explicação do que era o tal "monstro da perna de madeira". De repente agora você consegue se sentir mais à vontade na casa da sua avó... quem sabe? — Tentou fazê-lo abandonar o ressentimento através de uma retórica oportunista, mas em vão.

O rapaz, após cumprida a tarefa atribuída pela mãe, voltou a ficar carrancudo. Limitou-se a doar uma atenção indisposta para a conversa, sem demonstrar interesse nos argumentos, muito menos dando qualquer respaldo através da fala.

A perseverança da idosa em ter um diálogo normal com o jovem enfraquecia a cada uma de suas demonstrações de menosprezo. Sem saber como lidar com o recorrente descaso do neto, preferiu não amargar mais um monólogo e, maquiando a irritação, retornou à cozinha antes de perder a paciência.

Sozinho no quintal, Tiago tornou a encarar o cata-vento. Com a mente sobrevoando terrenos obscuros da própria memória, ele acompanhava as asas do pássaro de madeira pararem de se esbarrar à medida que o vento dispersava. O som daquelas batidas castigava sua crença infantil com a incerteza de que, talvez, o que tanto o amedrontara no passado fosse realmente apenas um adorno embalado pela aragem no jardim.

* * *

As horas pareciam caminhar no compasso preguiçoso de um relógio sem corda. O sol já enfraquecido atravessava as janelas do casarão, iluminando as paredes com raios acanhados que apontavam o poente de mais uma tarde no interior. A noite decretou sua chegada quando o fortunoso gorjeio dos pássaros enfim cedeu espaço ao estridente trilar dos grilos demarcando seu território entre os arbustos.

Para os acostumados à rotina frenética das grandes cidades, as maravilhas de um cotidiano campestre eram confundidas com ócio. Bruno aproveitou a área externa enquanto ainda estava claro e se esbaldou nos petiscos preparados pela avó, mas Tiago permaneceu entocado no seu aposento durante todo o dia sem tirar os fones da cabeça.

Compenetrado em seu intento de desvendar o passado, encarava o teto apenas aguardando o anoitecer. Precisava provar para si mesmo que a versão contada ao irmão no jardim podia ser verdadeira. Após tantos anos tolerando as mazelas de ter uma personalidade desequilibrada, fora levado a crer que a única maneira de livrar-se do abalo era através da comprovação de que o imaginário infantil havia sido o responsável por fazê-lo carregar um trauma por toda a vida. Para isso, teria de infringir a regra da casa.

Tomado pelo devaneio assombroso de sua primeira estada na residência, não ousou olhar diretamente a porta do dormitório misterioso do outro lado do corredor. Arrostou o reflexo da vidraça, como sempre fazia, e viu o caminho livre até lá, convidando-o a enfrentar o seu medo.

Nervoso com o que estava prestes a fazer, sentou-se na cama e retirou os fones do ouvido para poder escutar o próprio juízo. Estava hesitante em desobedecer à ordem de não invadir o quarto trancado porque, caso fosse pego, sabia que a repreensão não seria das mais brandas. Apesar de a bronca não ter sido a real culpada por sua fuga do casarão quando menino, era inegável sua influência na atual rejeição que tinha pela avó.

Determinado a compreender a real causa de seu abalo emocional, resolveu se levantar e enfrentar as consequências.

Seus primeiros passos fora do aposento foram os mais cautelosos. Ao escutar um som vindo do andar de baixo e reparar no clarão azulado subindo pelo vão da escada, teve certeza de que a televisão estava ligada e atraindo os espectadores da casa com a habitual programação noturna do fim de semana.

Tiago estava seguro de ser o único no pavimento superior e aproveitou a oportunidade para avançar. Suas passadas continuaram leves. Não queria que o barulho do piso rangendo sobre a cabeça de Célia a atraísse.

Próximo da porta, um ruído conhecido começou a ecoar. Era baixo, um tanto distante, mas soava como as batidas de madeira que tanto o apavoravam. O jovem estremeceu. Pensou em desistir de sua busca pela verdade e se jogar debaixo das cobertas, na ilusão de assim se proteger do fantasma que vagava na morada. Entretanto, resistiu. Não queria mais ter a postura de uma criança acovardada.

Seguiu em frente.

Se não estivesse com o raciocínio comprometido pela adrenalina que acelerava o seu ritmo cardíaco, optaria por verificar primeiro através da janela se não eram as asas do cata-vento emitindo aquela toada que lhe arrepiava a pele. Porém, guiado pelo impulso de escutar o que acreditava ser o monstro escondido entre as paredes daquele cômodo emblemático, colou a orelha na porta a fim de ter certeza de que o som se alastrava dali.

Concentrou-se para identificar a origem do cadenciado retumbar, mas o coração quase lhe rasgando o peito embaraçava seus sentidos. Arriscou cerrar de leve os olhos para se devotar à investigação do medo quando a campainha da residência tocou. No susto, rapidamente se afastou, receoso de ter sido pego em sua transgressão.

No piso inferior, Célia já alcançava a bengala para ver quem seria a visita noturna inesperada quando sua filha a impediu de se levantar.

— Pode deixar. — Laura adiantou-se a sair do sofá para poupar o esforço da idosa e cruzou o corredor.

Logo que abriu a porta, ficou surpresa ao ver uma adolescente de longos cabelos lisos parada na entrada.

— O Tiago tá por aí? — A visitante o buscou dentro da casa com os olhos, sem encarar a anfitriã.

— O Tiago? Sim... ele... — A mulher articulava as palavras com uma certa dificuldade, confusa por não ter ideia de como aquela jovem podia conhecer seu filho.

Foi quando ele apareceu ao seu lado, salvando-a do constrangimento.

A garota desviou a atenção para o rapaz assim que o viu, saudando-o com um sorriso dos mais comedidos.

— Oi.

— Oi? — Ele devolveu o cumprimento com pouco entusiasmo, não entendendo o motivo de ela estar ali.

Os dois se encararam por um tempo sem Laura deixá-los a sós. Após um breve lapso, Tiago percebeu a vontade da mãe de ser apresentada à amiga.

— Mãe, essa é a... a vizinha aqui do... — O rapaz se deu conta de que não sabia como ela se chamava.

Apesar do tempo que passaram conversando, haviam ignorado as apresentações. Tiago não era versado no campo das formalidades sociais e não viu necessidade de conhecer mais sobre uma pessoa com quem jamais imaginava voltar a se encontrar.

Mas lá estava ela, com as mãos nos bolsos de outro moletom surrado e um sorriso ponderado no rosto, chamando-o pelo nome que, provavelmente, tinha escutado quando Laura lhe pedira aos berros, na noite anterior, para fechar a porta quando entrasse.

— Camila. — Adiantou-se a adolescente, interrompendo o embaraço, e estendeu a mão para cumprimentá-la. — Moro na casa aqui do lado.

Ao contrário do amigo, ela era acostumada a dissimular seu comportamento conforme a situação demandava. Mesmo que o sorriso tivesse sido falso ao se apresentar, a encenação não revelou sua impaciência para as normas de etiqueta.

Mal tivera a saudação educadamente retribuída, voltou a se dirigir a quem de fato lhe interessava:

— Vamos lá fumar um cigarro?

O convite de Camila provocou uma perturbação visível em Laura, que olhou espantada para o filho.

A fim de evitar um desconforto ainda maior, o jovem saiu imediatamente da casa para fugir da reprovação de sua mãe.

— Valeu! — Tiago agradeceu à amiga por ter feito o desfavor de revelar o vício que se esforçava tanto para manter em sigilo e fechou a porta por trás de si.

* * *

Para se afastarem de ouvidos curiosos, eles caminharam alguns poucos metros para sentarem debaixo de um poste iluminando parte do meio-fio com uma lâmpada fraca e amarelada.

Sem dizerem uma única palavra, compartilharam do mesmo cigarro e dividiram o fone de ouvido com as músicas selecionadas pela garota. Vários minutos se passaram apenas com os dois apreciando o vazio da rua sem dizer uma palavra.

Tiago era acostumando ao clima taciturno, favorável às introspecções particulares constantemente enfrentadas no inferno de seu espírito. Não importava a companhia ao seu lado, sempre estava disposto a remoer calado seus dilemas. Mas Camila não era adepta do costume. O que o jovem tinha de quieto ela compensava em ansiedade.

— Você não é de falar muito, né? — Ela deu uma longa tragada e passou o fumo para o rapaz. — Eu gosto. Faz o tipo incompreendido, rebelde e cheio de segredo.

Sem reagir ao comentário, ele prendeu a fumaça entre os lábios e entregou de volta, sem tirar os olhos da alameda escura e desabitada.

Curiosa em relação ao comportamento recolhido do amigo, a garota o observou de cima a baixo, circulando o cigarro entre os dedos, a fim de interpretar a expressão incômoda que não lhe abandonava a face.

— Do que você tá com medo? — arriscou, tornando a preencher os pulmões com nicotina, e conseguiu, pela primeira vez, ter os olhos do rapaz na direção dos seus.

— Medo?

— Você tá com medo de alguma coisa, não tá?

Tiago jamais imaginara que seu íntimo pudesse gritar tão alto. O semblante apático poderia ser interpretado como descaso, mas os respingos de sua mais remota fobia haviam sido percebidos. Despreparado para compartilhar seus temores, encontrou fuga em outro tema que o deixava com aquela mesma fisionomia:

— Acho que tá mais pra culpa.

— Culpa serve. — Ela o incentivava a se abrir.

— Ter que mentir pros outros é uma parada que eu não curto muito.

— Você tem mesmo cara de crente — ironizou.

Cativado pelo sarcasmo de Camila, o adolescente nem percebeu o próprio vulto sisudo cedendo espaço a um riso discreto. Distraído, ele se pegou reparando na beleza natural da garota. Em sua pele clara, sem pintura, e na boca de lábios finos, sem batom.

Vendo que sua brincadeira havia sido bem recebida, a jovem devolveu a gentileza do sorriso e soltou a fumaça retida no peito.

— Se for pra não magoar os outros, acho que é de boa. — Passou-lhe o cigarro. — Fora que não ser pego é o mesmo que dizer a verdade. Fundamentou bem a mentira?

Visivelmente desapontado pela forma convincente como apresentara ao irmão uma teoria que não sabia se era verdadeira, Tiago fez que sim com a cabeça, tragando mais uma vez.

— Então fica tranquilo — ela completou. — Às vezes, é muito pior ficar calado do que não falar nada.

Camila apreciava despejar sua sabedoria de adolescente revoltada, adquirida pelos anos de vivência como filha única em uma família desajustada. Mas as manchas escuras que lhe circundavam os olhos, acompanhadas de um breve silêncio, denunciavam sua autocrítica velada.

— Sabe o que é pior do que culpa? — disparou a falar, quebrando a barragem de seu rancor represado. — Pena! Ter pena de alguém é baixo. A pessoa é tão tapada que não vê a merda acontecendo bem debaixo do nariz dela e você não fala nada porque tem pena. Quando é da sua própria mãe, então... acaba o respeito de vez. — Concedeu ao seu discurso virulento uma pausa para tragar o cigarro e lamentar intimamente sua dor. — Às vezes acho que eu é que sou a covarde. Com medo de ela fazer escândalo, cortar os pulsos, sei lá. Ela faz melodrama pra tudo. Lá em casa tá todo mundo longe de ser normal.

Tiago se mostrava atento à confidência. Sabia das consequências devastadoras de uma situação mal resolvida e, por conta das próprias experiências traumáticas, não lhe era complicado compreender o sofrimento alheio. Ele a ouviu com atenção, buscando compensar de algum modo a mesma cortesia que o fizera abandonar seus pensamentos desagradáveis.

— Você tá ligada que esse teu sentimento de pena meio que esconde também um pouco de culpa...

A interpretação precisa do rapaz fez Camila também deduzir uma influência evidente no seu comportamento.

— Faz terapia há quanto tempo? — ela o questionou, com a certeza de que Tiago conhecia bem um divã.

Ele abriu todos os dedos das mãos, revelando sem embaraço a sua década de tratamento.

— Uau... Bodas de Estanho — a garota zombou. — Parabéns. Você deve ter a cabeça bem ferrada.

O humor sem censura da jovem divertia Tiago. Era inédito para ele não ver uma expressão de espanto quando revelava o longo período pela busca de uma solução para seu distúrbio. Na contramão do julgamento que tanto se acostumara a receber das pessoas vitoriosas no campo emocional, teve de sua nova amiga uma resposta saudável para um dilema particular. Bastava isso para ser cativado.

— Já fiz também — ela revelou, libertando a massa de fumo inalada. — Mas nunca falei a verdade. Então, pra mim, não serviu. E meu pai sempre foi contra esse tipo de coisa. Acha que tá jogando fora um dinheiro que poderia ser usado pra colocar comida na mesa. Só não vê problema se for pra encher a cara. Aí ele pode gastar.

Nitidamente aborrecida com as péssimas virtudes da imagem paterna em sua casa, preferiu mudar o foco da conversa para aproveitar a abertura conquistada em seu ouvinte silencioso.

— Tá na terapia pra lembrar ou pra esquecer?

— Como assim?

— Do que te fez ficar mal.

— Tem um monte de problema que é tratado com terapia. — Sentiu-se obrigado a esclarecer o óbvio.

— Mas no final é sempre isso — ela devolveu com propriedade. — Eu fiz pra esquecer, mas como percebi que isso não ia rolar, o motivo oficial era porque eu tinha medo do escuro. Desculpa aí pelo clichê. — Fez graça, sem imaginar que essa fobia tão banal fosse a razão do grave transtorno de personalidade do rapaz. — Então? Pra lembrar ou pra esquecer? — insistiu na teoria, certa de que conseguiria sua comprovação.

Ao trazer aquele tema, o dom extraordinário de Camila para despertar a empatia de Tiago despencou no precipício da insegurança do jovem problemático. Receoso de ser taxado como imaturo pelo pânico despertado ao se apagarem as luzes, ele não deu retorno; apenas rememorou o rosto deformado da criatura na penumbra encarando-o no quarto.

Abstraído pelo devaneio aterrorizante que o distanciava da realidade, a presença da amiga ao seu lado aguardando resposta foi substituída pela figura aterradora da assombração erguendo lentamente o braço em direção à coberta que o protegia do frio. Ao contrário das vezes anteriores, quando esse mesmo evento obscuro do seu passado lhe invadia o pensamento, Tiago não se acovardou e foi adiante na lembrança que sempre repudiara. Ele viu, através dos olhos da memória, o monstro puxando o lençol de sua cama com os dentes apodrecidos da estranha mão desfigurada.

Esforçou-se para ir além, mas parecia ter se deparado com o ponto-final de seu delírio. Não havia conclusão. No empenho de encontrar algo a mais que pudesse dar sentido ao seu trauma, uma visão repentina rompeu-lhe a mortalha do esquecimento para trazer de relance a imagem de suas pernas sendo devoradas pela enorme boca da criatura faminta.

— Ô! — Camila mostrou-se impaciente após ter sido completamente ignorada.

Tiago, ainda perplexo com o vago fragmento de sua nova recordação, olhou para a jovem sem saber o que ela queria.

— Que foi? — desconversou, retornando ao seu estado natural de antipatia.

Percebendo a guarda do rapaz novamente erguida, fingindo distração para encobertar seus segredos, restou à garota respeitar o posicionamento. Porém, ela não haveria de renunciar ao seu mau hábito de disparar indiretas:

— Deu pra sacar que você é daquele tipo que não mente, mas omite.

— Por que "omite"?

— Eu sabia que você tava com medo. — Voltou à primeira acusação, encarando-o.

Sem saber como reagir àquele apontamento certeiro, ele encontrou sua fuga ao reparar no cigarro gasto entre os dedos da amiga.

— Quer outro?

— Não. — Jogou a ponta queimada na rua. — Hora de voltar pra vida real. Mas vou te dizer que eu sei do que você tem medo.

Os olhos de Tiago se arregalaram, delatando sua ansiedade em ouvir o que ela tinha a revelar.

— Você tem medo de menina! — concluiu com um sorriso, dando-lhe um rápido beijo na lateral da face, e se ergueu da calçada. — Valeu pelo cigarro.

Pego de surpresa, o adolescente ficou sem reação. Ainda sentindo os lábios de Camila na maçã do rosto, observou-a caminhar para casa, esperando, com inédito anseio, que ela olhasse para trás. Mas não aconteceu.

Ao vê-la entrar na residência, ele fez o mesmo. Apesar de seu enorme apreço pela solidão, seria uma inverdade discordar que fora agradável estar na companhia da garota.

Do lado de dentro, percebeu a televisão ainda ligada. Apressou o passo em direção ao quarto, mas não conseguiu escapar da interação que gostaria de evitar.

— Tiago... — Laura ergueu o tronco do sofá onde estava deitada, quase dormindo, e viu o filho ao pé da escada aguardando o sermão com as mãos no bolso e a cabeça baixa. — Não tem nada pra dizer?

— Eu fumo — confessou o que ela, obviamente, já sabia.

Não precisava olhar a mãe para saber que em seu semblante pesava a carga da tristeza. Mas seu embaraço de encará-la não era por medo de levar uma bronca.

— Você lembra que seu pai também fumava?

A carga dramática contida naquela pergunta era o assunto temido por Tiago. Contra-argumentar um fato que ambos não gostariam de rememorar traria choro demasiado e abriria antigas feridas já cicatrizadas. Então ele optou pelo silêncio, só acenando para mostrar que se lembrava do vício do pai.

Ciente de que desgastar o filho com críticas poderia comprometê-lo ainda mais, Laura proferiu sua indireta apenas para ele tomar conhecimento de como se sentia e logo mudou o foco do diálogo:

— Bonita a Camila... — elogiou, na tentativa de fazer Tiago baixar sua guarda, mas ele deu de ombros como se nem tivesse reparado. — Se quiser chamá-la um dia pra entrar...

— Menos, mãe — interrompeu, impedindo-a de tirar conclusões infundadas.

— O quê? Não posso querer conhecer a menina que tá fumando com o meu filho?

Ao notar o tom da conversa sendo alterado para a agressão, o jovem deu-lhe as costas e começou a subir as escadas.

— Tiago... Tiago! Desculpa. — Conseguiu fazê-lo desistir da fuga, obtendo novamente sua atenção, embora de maneira impaciente. — O que eu quis dizer é que você pode ficar à vontade pra convidar sua amiga pra vir aqui quando quiser.

— É só a vizinha.

A insistência do rapaz no demérito da amizade apenas deu força à interpretação da mãe de que ele encontrara em Camila alguma afinidade. Seu real desinteresse pelas pessoas sempre fora representado pela total ausência de opinião sobre elas. Vê-lo negar ou desmerecer qualquer apontamento era a certeza de haver florescido em seu íntimo árido algum tipo de simpatia.

— Filho... — Ela vestiu sua expressão mais singela para lhe explicar algo evidente: — Não tem problema você se relacionar com os outros. Talvez seja isso que falte pra você deixar de lado qualquer sentimento ruim que ainda tenha aqui da casa. Alguém como a Camila pra conversar pode até te fazer querer voltar mais vezes, não acha?

Laura estava invadindo um terreno no qual o adolescente não estava disposto a convidá-la para entrar. Seus sentimentos pela garota não eram claros e preferia negá-los, tanto aos outros como a si próprio. Antes de discorrer sem propósito sobre as absurdas conjunturas capazes de fazê-lo perder seu repúdio ao casarão, teria que, primeiramente, desvendar a origem do seu trauma.

— Posso deitar? — Retirou uma das mãos do bolso apenas para indicar seu quarto com o polegar.

— Vai, filho, vai. — Voltou a se estirar no sofá. — Mas pensa nisso que eu falei.

Finalmente livre da inquisição materna, Tiago terminou de subir os degraus. No piso de cima, seus olhos deitaram mais uma vez sobre o aposento proibido.

Sua vontade de desbravar os cantos esquecidos da memória continuava firme. Antes de restaurar o ato clandestino interrompido pela visita de Camila, verificou que a mãe continuava atenta à programação televisiva. De onde ele se encontrava, também era possível avistar o pequeno Bruno adormecido pelo vão entreaberto de seu dormitório. Restava somente ter certeza de que a mais voraz das sentinelas não estava vigilante.

Mais uma vez ele tirou o peso dos pés para evitar ruídos em sua marcha lenta e se aproximou do cômodo de Célia. Com extremo cuidado para não ranger as dobradiças, afastou a folha da porta de seu batente. Caçando a presença da avó no ambiente iluminado apenas por um antigo abajur, encontrou-a no reflexo do espelho, curvada sobre a pia de seu banheiro privativo, escovando a dentadura com sabonete glicerinado. Vendo-a concentrada na higienização da prótese dentária, o rapaz resolveu aproveitar seu cuidado odontológico para violar a regra da casa.

Na ausência de olhos para vigiá-lo, deu continuidade ao desejo de se ver livre da dúvida que o assombrava havia um decênio.

O quarto misterioso o intimidava e, a cada pisada branda rumo ao cerne do seu desespero, a porta parecia agigantar-se. Sem tempo para repensar a oportunidade de desvendar o passado, ignorou a vontade instintiva de recuar diante do medo e pôs a mão na maçaneta. Os dedos a apertaram com firmeza e, após controlar a ansiedade com uma arfada trêmula, ele a desceu.

Trancada.

De nada adiantaram as repetidas vezes tentando abri-la. Mas Tiago, rejeitando a derrota, a pressionou para ambos os lados, na esperança de o trinco soltar ou a armação em madeira do umbral antigo ceder.

Analisando todos os recursos, curvou as costas para verificar a fechadura. O formato arredondado permitia-lhe enxergar um recorte limitado do lado de dentro; no entanto, na escuridão do recinto, nada era revelado. O breu intenso cegava a vista já confinada pelo pequeno contorno do buraco sem sua chave.

— O que você está fazendo?! — A avó, ao fechar a porta do próprio quarto para dormir, flagrou o neto espiando.

De sobressalto, o jovem se afastou e viu a idosa se aproximar com a mesma ira que ele lembrava ter enfrentado no passado. Nem mesmo sua dificuldade de locomoção a impediu de se apressar.

— A gente vai repetir isso, Tiago? Preciso voltar a te falar, como se fosse criança, que ninguém entra no quarto do seu avô?!

Escaldado, o adolescente baixou a cabeça.

— Por que você não consegue respeitar essa única coisa que eu te peço?! — ela protestou, aumentando o tom da voz. — O que tem de tão fascinante aí pra insistir que eu brigue com você pela mesma coisa, depois de todo esse tempo remoendo uma mágoa de garotinho mimado que não sabe levar bronca?

Célia não queria ouvir uma resposta. Sua retórica hostil desmedida exigia a obediência do ofendido, que acatou a opressão sem discutir.

— Não é suficiente ter o resto desta casa inteira pra ficar de cara amarrada sem tirar esse negócio bobo do ouvido? — continuou, impiedosa. — Não vai ter ninguém ali dentro pra você ficar ignorando! Essa sua falta de modos eu estou me esforçando pra aturar, mas nesse quarto eu não quero que ninguém fique bisbilhotando! E você já é bem grandinho pra entender isso!

Trazida pela balbúrdia repentina acontecendo no andar de cima, Laura subiu as escadas e os pegou no meio da conversa. Ao identificar o clima tenso entre os dois, arriscou o bom humor como meio de reconciliação:

— Momento avó e neto?

Ninguém quis falar. Célia continuava de olhar fixo sobre o neto como um predador faminto encara sua presa encurralada. Após o desconforto, ela abandonou sua postura ameaçadora e deu a graça da resposta, convencida de que seu recado fora assimilado:

— Não é nada, minha filha. Eu e o Tiago já resolvemos o assunto. Não é, Tiago?

Sem coragem de encontrar o rosto da avó, ele acenou positivamente com a cabeça ainda baixa.

— Que bom. — Ela ostentou um sorriso amistoso regado em falsidade. — Vai deitar também, meu amor.

Após desarrumar-lhe os cabelos sem encontrar resistência, a idosa retornou para o seu quarto e fechou a porta.

Ainda incerta sobre o que de fato acontecera, Laura encurtou sua distância.

— Posso saber o que foi todo esse amor? — ela murmurou, como se o volume discreto de sua voz lhe outorgasse o direito de uma leal confidente.

Tiago ergueu os olhos marejados, para surpresa da mãe. Esboçou revelar seus secretos pensamentos, mas não pôde. Uma lágrima correu em seu semblante abatido e ele tornou a mirar o assoalho. Desiludido com a própria incapacidade de enfrentar seus problemas, começou a chorar.

— Tiago... Não, não precisa disso. — Ela o abraçou, buscando acalmá-lo. — O que foi? Tá tudo bem. Fala com a sua mãe.

Era importante para Laura inibir de imediato qualquer recaída do filho ao sinal do primeiro sintoma. Caso evoluísse para a mesma enfermidade emocional responsável por sua fuga tantos anos no passado, desta vez, quase um adulto, provavelmente ele teria êxito na partida.

Acalentado por braços amorosos, o pranto foi interrompido. O vulto cabisbaixo deu lugar a uma fisionomia ressentida e os olhos miraram com ódio o aposento da avó. Prestes a liberar a torrente de seu rancor represado, Tiago foi contido pela mãe, que não havia percebido a rara disposição do adolescente de se abrir:

— Sua avó é uma senhora de idade, cheia de mania. Ela é mesmo meio bruta de vez em quando, mas não tem motivo pra esse choro. Se não quiser deixá-la irritada é só fazer o que ela pede.

Indignado pela imprevista defesa em favor do carrasco que o fizera entristecer, o jovem perdeu o controle.

— Sempre essa merda! — esbravejou. — É sempre ela que não pode ficar magoada com nada!

Irritado, ele foi para o quarto e bateu a porta, deixando a mulher desorientada no largo corredor de ligação entre os dormitórios.

Carente das competências para administrar os dramas carregados pelo filho, ela se corroía na dúvida entre deixá-lo superar o desagrado sozinho ou guiá-lo para longe do martírio com a ternura de doces versos maternos. O seu comportamento tempestuoso, com recorrentes demonstrações de descaso e revolta, ia além do esperado para um adolescente comum em sua fase mais problemática.

Estirado na cama, Tiago secava as lágrimas, tentando se recompor. Habituado ao sofrimento taciturno, os murros a castigar o colchão eram para frear um brado enfurecido ansiando ganhar o palco. Remoeu calado sua mágoa, pois não queria dar motivos para Laura se sentir obrigada a importuná-lo com um pedido de desculpas que de nada serviria, a não ser para aliviar a culpa de quem roga o perdão.

Alguém bateu à porta, devagar, como se receoso. Tiago ignorou o tímido ruído, desejando que a pessoa do outro lado desistisse, no entanto, o punho cansado tornou a incomodá-lo.

Embora quisesse evitar o conflito, a insistência em retirá-lo do sigilo do seu aposento obrigou-o a abraçar a hostilidade. Pronto a seguir na desavença, vestiu sua pior carranca e avançou com fúria contra a maçaneta, determinado a despejar sobre os ombros da mãe todo o peso de suas queixas virulentas.

Para sua surpresa, ao abrir o quarto, não era ela quem batia, mas Bruno. Vê-lo ali parado, de pijama e com os cabelos desgrenhados, fez o adolescente abandonar o ânimo combativo e aguardar para saber o motivo de o irmão ter encarado o medo de caminhar pela escuridão.

— Você acha que o monstro mora naquele quarto? — O caçula demonstrou um temor ressabiado, coçando os olhos sonolentos.

A discussão na frente do aposento emblemático havia tirado o menino de seu repouso e lhe entregado uma situação cuja interpretação era muito óbvia.

— Chega aí. — O mais velho convidou-o a entrar e pediu com a mão que se sentasse na cama ao seu lado. — Esqueceu do que a gente conversou?

Bruno não respondeu. Ele considerara a teoria do cata-vento, entretanto, estava distante de aceitá-la como primeira alternativa. Para o pequeno, seu imaginário fantasmagórico, onde uma criatura ecoava suas pisadas no assoalho durante a madrugada, era mais concreto do que a hipótese de algo real ainda não comprovado. Ainda mais quando o passado do irmão favorecia o boato sobrenatural.

Mesmo após ter revelado, na conversa com Camila, não estar convencido da própria história contada no jardim, Tiago sabia da importância de manter a versão para o mais novo não sucumbir à insônia ou aos prováveis pesadelos.

— Quer dormir aqui pra eu ficar de guarda? — ofereceu como solução imediata para remediar a apreensão.

— E se ele aparecer?

— Você não é corajoso?

Bastou o caçula olhar para a porta na penumbra do outro lado do corredor para dizer que não com um aceno de cabeça. O adolescente, então, reafirmou sua posição quanto ao adorno no quintal:

— Se o barulho começar, eu prometo que te acordo e vou com você até a janela pra gente ver junto as asas de madeira se batendo. — Ergueu o punho fechado, aguardando o irmão carimbá-lo com a mão para validar a proposta. — Fechou?

De acordo, Bruno selou o pacto e ajeitou-se no leito. Escravo do cansaço que insistia em fazê-lo cortinar os olhos, ele logo adormeceu.

Tiago permaneceu sentado no colchão, mirando o breu a sua frente. O aposento sombrio o arrostava a distância, no empenho de lhe abalar a valentia, mas ele estava comprometido. Disposto a não fraquejar, respirou fundo e abraçou a missão de sentinela noturna.

* * *

Na madrugada, o sombrio casarão encontrava seu silêncio. Das frestas das janelas entreabertas podia-se ouvir o acanhado assobio do vento, como um sopro entre as lápides de um cemitério à noite. Na mesma sala onde a lareira exibia uma ausência de cinzas, os ponteiros incansáveis de um relógio de madeira em forma de torre indicavam a hora morta.

Rendido pelo cansaço, Tiago acompanhava o irmão no repouso. Resistira o quanto pudera ao peso das pálpebras, mas, por fim, cedeu aos encantos de um leito macio, apesar de não lhe ter sobrado espaço para apoiar confortavelmente o dorso.

Favorecido pelo incômodo das costas arqueadas, o jovem despertou com o chiado cavernoso feito pelo peito de Bruno ao respirar. Temeroso de que suas vias aéreas inflamadas evoluíssem para uma crise mais severa, procurou o medicamento pela cama, mas não o encontrou.

— Bruno... Bruno! — Tentou acordá-lo, mas, por mais que o sacudisse, o sono do menino era pesado.

Restando apenas ir até o quarto do irmão em busca do remédio, deparou-se com o medo de enfrentar as trevas cobrindo o largo corredor. Porém, dentre as alternativas de acalentar a enfermidade do mais novo ou aventurar-se no terreno de sua fobia mais profunda, optou por aquela da qual um dia pudesse se orgulhar.

Para não ter seu nobre intento devastado pelo temor, ignorou os horrores imaginários à espreita e apressou o passo para cruzar a escuridão.

No quarto de Bruno, avistou a bombinha de asma descansando no criado-mudo ao lado da cama e a pegou. Foi quando começou a ouvir algo que lhe soava morbidamente familiar.

Os anos haviam passado, mas a recordação das cadentes topadas na madeira o assombrara por uma década inteira, sempre ao deitar, e isso o impediu de esquecer o seu tom apavorante. Ecoava tímido, vindo do andar de baixo, mas era sem dúvida o mesmo som que precedia a aparição do monstro que perambulava antes da aurora.

Seu peito açoitado pelo coração a galope se juntou à frouxidão das pernas e o jovem caminhou, receoso, até a janela com vista para o quintal. Não cumpriria sua promessa de ver com o irmão as asas do adorno no jardim se esbarrando, mas atestaria ao menos para si a verdade de sua teoria.

Para seu infortúnio, o ruído das batidas foi interrompido conforme ele alcançou a guarnição. Embora ciente de que, na ausência do barulho, de nada lhe serviria forçar as vistas para encontrar o cata-vento no escuro da noite, Tiago não perdeu a jornada e pôs a cabeça na vidraça.

Esperando que uma rajada benevolente pusesse fim ao seu decênio de agonia e eliminasse de uma vez por todas a dúvida quanto à origem do seu trauma, o adolescente resistiu alguns segundos a mais na moldura sem ser agraciado pela brisa. Desapontado pelo vento não estar compadecido de sua dor, negando um simples sopro que pudesse lhe dar a derradeira resposta, afastou-se.

Após o primeiro passo, o som recomeçou. Desta vez, mais alto. Imediatamente, Tiago tornou à janela e viu o que não queria. Persistiam inertes as asas do adorno.

Ao ouvir também o ranger dos degraus, seus olhos arregalados se voltaram para a escada e o coração começou a bater em pávida arritmia. A criatura estava próxima.

Estarrecido, o rapaz renunciou à discrição dos passos cuidadosos e correu desesperado até seu quarto. Ao cruzar a soleira, jogou-se ao chão e fechou a porta, barrando-a com as costas.

— Não é real, não é real. Por favor, não é real — sussurrava o mantra para si quase aos prantos, buscando em seus anos de terapia alguma hipótese plausível para o que escutava.

Ainda que acometido pelo extremo pavor, não podia se esquivar da verdade repetindo o mesmo comportamento da infância. Caso se limitasse a creditar o trauma ao sobrenatural apenas pela incidência sonora, estaria perpetuando a fobia culpada por arruinar sua sanidade emocional.

Mais velho, e plenamente ciente de que sempre existia uma explicação razoável para eventos fantasmagóricos, arriscou espionar a quimera que tanto o intimidava.

Com a mandíbula endurecida pelo pânico, suas mãos úmidas abriram uma pequena fresta para observar a chegada da criatura ao andar de cima. Em busca da improvável confirmação de que um ente grotesco abandonara os negros antros infernais para assombrá-lo, Tiago sondou as trevas, apreensivo.

Quando viu se erguerem do vão escuro da escada os cabelos esvoaçados da aparição, ele recuou antes de enxergar o rosto. Com a alma febril evocando medos sepulcrais indescritíveis, tornou a esconder-se no cômodo fechado, implorando para não ter sido avistado.

— Não vem pra cá, não vem... — rogou a qualquer deus disposto a ouvi-lo, prometendo cega obediência.

O barulho ritmado da perna lenhosa tocando o assoalho retumbava no segundo pavimento. As passadas vagarosas pareciam cada vez mais próximas de seu quarto e Tiago recostava-se na entrada com a firmeza de uma âncora lançada ao abismo, a fim de impedir a invasão.

De outro aposento soou o chiado dos gonzos. E com o cerrar de uma porta encostando no batente também se encerrou a marcha tenebrosa.

Apesar da quietude repentina, o jovem manteve seu bloqueio. Estava incerto sobre o paradeiro do monstro desfigurado e, antes de aliviar o peso que barrava a passagem, quis ter certeza de que ele havia retornado ao covil de onde saíra.

Após alguns segundos atento aos rumores do casarão, o rapaz decidiu afastar-se da porta. Entretanto, não teve coragem de abri-la para espiar o corredor uma segunda vez. Ao virar-se para a cama, deu de cara com Bruno semiacordado sentado no colchão, lutando contra seus pulmões debilitados, que o proibiam de puxar facilmente o ar.

— Viu as asas se batendo? — O menino cobrou a promessa do mais velho, sem sequer abrir direito os olhos.

Tiago não sabia o que responder. Entregou-lhe o inalador para aliviar um pouco da agressão nas vias respiratórias e sentou-se a seu lado, passando a mão em seus ombros para que relaxasse. Não demorou para o irmão desmoronar de novo entre as cobertas.

Pleno na certeza de não ter delirado, o adolescente não podia ignorar o que vira. Sua desconfiança a respeito do que estava sendo velado na alcova do mistério ganhava os contornos do absurdo. As razões para estar sempre trancada variavam em sua cabeça entre as mais obscuras fantasias. Certo de, na hora morta, a casa ser assombrada por algo inominável perambulando nas trevas, concluiu que o quarto era como um pórtico do inferno.

Com o alicerce dos temores reforçado pela confirmação de seu fantasma antigo, não podia continuar naquela casa. No entanto, não a abandonaria na calada da noite, como decidira fazer no passado, deixando o irmão vulnerável aos mesmos tormentos. Precisava convencer a mãe de que deveriam ir embora, mas sabia que de nada adiantaria revelar a ela a ocorrência assustadora. Calejado pela retórica de Laura em sempre usar da negação para afastar quaisquer indícios do retorno de sua paranoia, o rapaz a antevia contestar o ocorrido sob o pretexto de defender os avanços na terapia.

Ansiando ver a noite finda, o jovem não pregou os olhos até a alvorada revogar o breu.

* * *

Na manhã seguinte, contrário ao comportamento habitual que o rotulava como hostil aos costumes matinais, Tiago foi o primeiro sentado à mesa do café.

Laura terminava de arrumar o desjejum, buscando os utensílios nos armários da cozinha, enquanto respondia evasivamente aos apelos do filho, que já a confrontara com a ideia de partirem.

— Tira isso da cabeça — negou de pronto.

— Por quê?

— Sua avó vai pensar que é por causa da bronca, de novo.

— Eu assumo — o jovem garantiu, manifestando sua total falta de empatia com os sentimentos da idosa.

— Coitada, filho. Dá um desconto pra ela. Mais uns dias e a gente vai.

Inconformado com a disposição da mãe de sempre advogar a favor da velha, o rapaz foi rude em sua crítica:

— Como mãe, você bem que podia se preocupar mais em não deixar o Bruno todo ferrado da cabeça do que em não deixar a vó Célia chateada.

— Para, Tiago! — Laura rejeitou a provocação, adotando um tom mais ríspido para o filho não ampliar seu leque de ofensas. — Melhor você se resolver logo com ela porque a gente veio pra ficar um tempo e não vai mudar os planos.

Destronado da soberba adolescente em crer que tudo sairia do seu jeito ao estalar dos dedos, o jovem arriscou uma nova estratégia:

— Foi o Bruno que me pediu pra te convencer.

— Seu irmão tem toda a liberdade de me pedir isso, se ele quiser. — Ela chamou o blefe, confiante de estar com as melhores cartas.

— Como eu tive? — Tiago a encarou, com os olhos embotados pela amargurada lembrança, escancarando seu trauma como mão a ser batida.

Contra aquele lance, a mulher não tinha como sair vencedora. A insinuação de que fora omissa com o passado do filho era como um açoite em sua autoestima materna. Embora soubesse ter feito de tudo para cuidar dos dilemas do seu mais velho, a culpa por ele não ser capaz de se adaptar às convenções tradicionais de comportamento recaíam sobre seus ombros já cansados de carregar tanto remorso.

— Filho... — Sentou-se à mesa adoçando a fala, dando a atenção que o assunto merecia. — Você sabe que isso é só uma recaída por causa do estranhamento ontem na frente do quarto do seu avô, não sabe? Não precisa usar seu irmão como escudo. Se for o caso, eu te ajudo a conversar com a vó Célia.

— Eu não... — o rapaz aumentou a voz, prestes a perder o controle, mas calou-se antes de causar um estrago e mudou o foco para outro tópico que lhe interessava: — E o que é que tem de tão proibido lá, também, pra porta sempre ter que ficar trancada?

— Seu avô era muito reservado. Você gosta que os outros fiquem entrando no seu quarto? — A retórica não carecia de rebate. Mesmo assim, ela o aguardou concordar. — Sei lá se foi remorso da sua avó por sempre ter implicado com o papai, mas pelo menos depois de ele ter morrido ela resolveu respeitar isso de não ficarem invadindo o espaço dele. Acho que foi o jeito dela de fazer as pazes. O relacionamento dos dois nunca foi

89

aquela maravilha e, no final da vida, ele passou muito tempo doente sem sair da cama.

— Foi lá que o vô morreu? — A curiosidade de Tiago residia mais em desvendar as razões do fenômeno mórbido referentes ao aposento do que em melindres mal resolvidos da relação familiar.

Foi a vez de sua mãe acenar com a cabeça, dando uma resposta afirmativa que fez o jovem desvirtuar o pensamento para os cantos perigosos do ocultismo.

— E pelo que eu sei o quarto tá preservado — ela continuou, sem perceber o filho perdido em divagações pessoais. — Pra mim, e acho que pra sua avó também, deve ser bem doloroso entrar lá.

Laura buscou a compreensão do filho, mas só encontrou em seu rosto empalidecido o semblante perturbado de um maníaco agredido pelo próprio delírio.

— Então eu não tava errado de achar que esta casa era assombrada. — Ele a encarou com o idêntico olhar apavorado de quando sua histeria se manifestava.

— Tiago...

— O Bruno escutou o mesmo barulho que eu e quer ir embora, mãe!

— Eu não vou ouvir isso. — A mulher levantou-se da mesa e deu as costas para o filho, sem disposição para debater novamente sobre um devaneio absurdo que considerava superado.

— Ele acha que o monstro tá naquele quarto e que também vai ser pego de noite como eu fui! Você não pode deixar que...

— Chega, Tiago! Chega! — gritou, fazendo-o se calar.

— A gente não vai embora daqui por causa das suas neuras!

Ao se virar para continuar o sermão, Laura encontrou sua mãe já no andar de baixo, próxima à mesa.

— Dá pra ouvir a gritaria de vocês lá de cima — informou Célia, manifestando seu incômodo.

Ao perceber que a avó tinha escutado tudo que disseram, Tiago quis se esconder sob o manto da vergonha. Apesar de convicto de sua posição, preferia manter larga distância das situações constrangedoras. Sobretudo quando envolvessem a anfitriã.

Os ânimos tomados pelo mal-estar avassalador transformaram a cozinha num cárcere do silêncio. Ninguém ousava sair do lugar, muito menos abrir a boca para tentar se explicar com desculpas esfarrapadas.

Pisoteados pela figura arbitrária da mulher com seu olhar julgador e dilacerante, tanto Laura quanto o filho se mantiveram cabisbaixos, sem saber como enfrentar a ocorrência embaraçosa.

— Mãã
ãe... — ecoou do andar de cima a voz cansada de Bruno, oportunamente livrando a mulher de ter que continuar tolerando calada a censura.

— Estou indo! — sinalizou tê-lo escutado, aliviada por poder justificar sua saída.

Ela subiu as escadas e deixou Tiago para afundar no oceano da condenação, onde Célia era a predadora que se alimentava de quem ficasse à deriva.

Sozinha com o rapaz, a idosa caminhou até a outra ponta da mesa, onde sempre costumava se sentar, e descansou o corpo velho na cadeira. Sem desviar as vistas penetrantes de sua presa, apoiou a bengala na lateral do assento e permaneceu encarando o neto, determinada a tratar de um assunto importuno.

— Eu sei que isso não é por causa da nossa conversa de ontem, Tiago. — A afirmação da avó fez o adolescente erguer a cabeça. — Minha dúvida é se você está fingindo ou se realmente não sabe o motivo de nunca querer ter voltado pra esta casa.

Angariando não apenas a curiosidade como também uma atenção nunca antes obtida do jovem, ela manteve o tom misterioso das palavras para disfarçar uma estranha apreensão amargando-lhe o vulto.

— Um trauma como o seu é melhor mesmo que fique guardado — ajuizou, como se soubesse de algo obscuro. — Mas a alegria que você perdeu depois do que aconteceu me devastou, Tiago. Eu gostava muito de te ver sorrindo.

Era evidente a confusão mental apossando-se dos pensamentos do garoto. Confrontado com a confirmação de que algo relevante havia, de fato, acontecido no passado, ele forçou uma jornada pelas trilhas da memória.

— Me fala do que você está se lembrando — pediu Célia, ansiando uma pronta resposta que pusesse fim às dúvidas sobre o que ele realmente sabia. — Não é por causa disso que você quer ir embora?

A vontade da avó de voltar as páginas da lembrança até o prólogo do trauma do neto era tão febril quanto a aflição de Tiago em reviver o surgimento de seus dilemas. Mas ainda que a idosa lhe permitisse mais tempo entre os vestígios de sua recordação duvidosa, ele sempre esbarraria nos mesmos troncos do esquecimento que o impediam de ter uma imagem clara do acontecido.

Embora o recente avistamento desse respaldo à versão de uma criatura demoníaca tê-lo visitado no passado, revelá-la sem provas teria a mesma credibilidade do seu relato quando criança. Sem argumentos para comprovar a aparição, restou-lhe se esquivar.

— O Bruno não tá à vontade aqui.

— Isso não é sobre o seu irmão, Tiago! — rebateu ela. — Mas sabe o que eu posso dizer com a maior certeza do mundo? A infância é uma coisa que todos passam o resto da vida tentando superar. Você está longe de ser o único. O importante é que um trauma antigo não te impeça de ser um adulto normal. E nisso, não tem nada que você possa fazer pra ajudar o Bruninho também.

Intrigado, o adolescente não sabia como interpretar aquele discurso. A fala que, a princípio, lhe soou como um conselho indelicado, por fim, pareceu ganhar o estranho contorno de ameaça. Ele estava perdido na sutileza de uma bravata indecifrável.

Era óbvio que a velha tinha algo a dizer, mas negava-se a ser direta. E em nada ajudou o intervalo silencioso que precedeu sua fala mais curiosa:

— Por que não me conta um pouco desse monstro que você escuta de madrugada? Posso saber mais sobre isso do que imagina.

Os olhos do rapaz quase rasgaram as membranas de tanto se arregalarem. Indeciso entre o medo e o espanto pelo que acabara de escutar, mentalizou diversas indagações embaralhadas que não ganharam voz. Quando pensou em abrir a boca para questionar a avó, Laura chegou de volta à cozinha, afoita, roubando para si o protagonismo com sua angústia. Ela apanhou a bolsa da bancada e passou a remexê-la com impaciência. Acabou jogando na mesa todo o conteúdo.

— O que foi, minha filha? — Célia mostrou-se preocupada.

— É esta casa mofada! — retrucou, nervosa, antes de decidir atirar para todos os lados. — E o Tiago, que deixou o Bruno dormir na cama dele cheirando a cigarro! Acabou o remédio!

O pequeno sucumbira aos piores sintomas de sua enfermidade e a mãe, desesperada por não ter como tratar o filho, culpava qualquer um que pudesse ter participação em seu ataque de asma.

— Pega a receita que vou com você até a farmácia — prontificou-se a idosa.

— Não vim preparada pra ele ter tanta crise. Esqueci de colocar na bolsa!

Laura só não caiu em prantos para não escancarar sua fraqueza. Devia estar sempre preparada para os piores imprevistos, ainda mais pelo histórico familiar, e sua agressividade com os presentes na cozinha era reflexo do remorso em saber que parte da culpa era dela.

— Me deixa ferver uma água. — A anfitriã alcançou sua bengala e caminhou em direção aos armários. — Não tem coração de bananeira, mas dá pra fazer um chá com folha de arnica.

— Não vem com essa bobagem de remédio caseiro, mãe! Eu preciso de um broncodilatador forte, não arnica ou mel com abacaxi!

Apesar de ter sua boa intenção rejeitada, a idosa não cedeu ao mau humor da filha. Vendo-a corroída pela indecisão sobre o que fazer para abrandar a indisposição do menino, tomou a frente na decisão:

— Veste o Bruninho. Vou ver se o médico que me atende consegue encaixar um horário agora de manhã pra dar essa receita. — Foi em direção ao telefone na outra sala.

Tiago aguardou ficar a sós com a mãe na cozinha para dar uma resposta à acusação que o deixara pesaroso:

— Quando peguei a bombinha de noite ela tava cheia. — O rapaz quis afastar de si a autoria de ter posto em risco a saúde do caçula.

— Eu sei, filho. Eu sei. Desculpa. Aquele era o remédio de prevenção, que acabou não dando conta. — Aceitou a justificativa como forma de reconhecer o próprio exagero da agressão verbal. — Me deixa ir lá vestir o seu irmão.

A mulher nem sequer esperou confirmação de haver encaixe na agenda do doutor para se apressar ao andar de cima e preparar o mais novo. Ainda que não estivesse frio, ela o vestiria com a roupa mais quente e, se tivesse forças para aguentar seu peso, o carregaria nos braços até onde precisasse. Depois da fatalidade ocorrida com o pai de suas crias, qualquer sintoma era motivo para exibir uma superproteção descabida, respaldada no receio de ter um filho trilhando os mesmos perigos que trouxeram tanta dor à família.

* * *

Recostado à parede do lado de fora da casa, Tiago observava Célia com sua locomoção truncada pelejando contra a porta do automóvel. Ele bem que poderia dar a mão como apoio ao vê-la reclinar o dorso para entrar, mas preferiu assistir sua tentativa atrapalhada de sentar no banco do passageiro.

A falta de iniciativa do adolescente estava longe de ser motivada pela graça de ver uma pessoa idosa confrontar os embaraços da idade. Pelo contrário. Era justamente sua carência de sentir qualquer abalo afetivo que o fazia sequer cogitar ajudar a avó.

Abstraído na contemplação das mazelas da velhice, voltou a si quando a mãe passou ao seu lado puxando Bruno cuidadosamente pelo braço.

— E quando eu voltar a gente vai ter uma conversa séria sobre esse seu vício! — Laura deu seu recado de maneira ríspida, sem se despedir.

Ela evitava ser indelicada com Tiago para não arriscar enclausurá-lo em sua introversão, mas, se fosse para ter um tabagista dentro de casa, limites precisariam ser traçados para conviverem de forma segura até convencê-lo a abandonar o fumo.

Após todos estarem devidamente no carro com os cintos afivelados, a mulher fez os pneus derraparem e o veículo dobrou a esquina.

O automóvel se distanciava ao passo das marchas e sumia em meio à poeira que dançava na rua implorando a chuva. Quando a nuvem de terra foi atropelada pelo vento, entregando de volta às vistas a paisagem, o carro era apenas um cisco na estrada distante.

Pouco era tão prazeroso para Tiago quanto ser largado no sossego de uma residência vazia, onde pudesse contemplar o silêncio do abandono. No entanto, por algum motivo que não compreendia, ele se recusava a retornar para o interior do casarão.

Tornou-se clara a razão do anseio quando seus olhos miraram a casa vizinha. O simples desejo de não ficar sozinho era uma vitória nunca antes atingida, nem após sua década de terapia. Os encontros com Camila trouxeram algo novo à sua natureza solitária. Ele via na garota uma tristeza semelhante a sua e isso o afastava do marasmo.

A estranha vontade de criar algum pretexto banal para motivar o impulso repentino e desconhecido não foi barrada por sua costumeira reclusão e ele caminhou até o terreno do lado. Não havia ensaiado uma conversa, mas se certificara de estar com o maço de cigarros no bolso.

Ainda na calçada, antes de cruzar o limite entre as residências, ouviu um grito abafado vindo do outro domicílio.

— ... e você também não me responde! — berrou uma voz masculina carregada de ódio. — Volta aqui!

A porta se escancarou e de dentro saiu Camila furiosa, oferecendo grosseiramente o dedo do meio para o pai. Ao passar por Tiago, ela o pegou pela mão e, sem abrir a boca, o guiou de volta para o local de onde ele viera.

Ciente do dissabor de querer se afastar do mundo sem precisar dar explicações, o adolescente acompanhou a jovem sem questionar e ambos adentraram o casarão.

No interior da residência deserta, a garota abandonou a fisionomia incomodada. Distante do algoz que lhe chacinara a alegria, seu humor de repente se alterou, como se nada tivesse ocorrido. Talvez o fato de estar habituada aos confrontos domésticos corriqueiros lhe atribuísse a capacidade de mudar seu temperamento conforme a situação demandava.

Camila caminhou pelo corredor da entrada, maravilhada com a decoração antiga. Seus dedos tateavam as paredes brancas em contraste com o piso escuro amadeirado, coberto por alfombras gastas pelo tempo de uso.

— Me diz que você não enterrou todo mundo no quintal — ela brincou ao estranhar o silêncio reinante.

— Eles tiveram que correr atrás de uns remédios. Deixei meu irmão dormir na minha cama e a asma dele atacou. Minha mãe botou a culpa no meu cheiro de cigarro.

— Vão te enquadrar por crime premeditado. Seu monstro! — zombou.

Tiago sorriu com a postura distinta da garota em encarar os problemas. Se para alguns o sarcasmo era o refúgio dos fracos, como definido por um existencialista francês, para tantos outros era a arma para sobreviver nas ruínas da hipocrisia. E, na terra do escárnio, Camila era rainha.

O demérito da adolescente ao resmungo foi interpretado sem ressentimentos. Era justamente essa uma das qualidades da jovem que o fazia dar menos peso à própria perturbação quando ao seu lado.

Continuaram o trajeto até a sala de estar. Tiago a escoltava a alguns passos de distância, evitando ficar muito próximo para não parecer inadequado. O receio de invadir a privacidade da amiga veio cercado de uma inesperada vontade de se abrir.

— Minha mãe só tá meio puta por causa do meu pai. — Ele encontrou em seu passado uma dor merecedora de ser compartilhada.

— Aquele que você não vê faz tempo...

— É... O Bruno não escapou da genética ruim do meu velho. Ele também não tinha o pulmão forte.

Atenta às sutilezas da conversa, Camila não pôde ignorar o tom funesto da conjugação.

— "Tinha"?

Mais por curiosidade em saber se havia entendido direito do que por compaixão, a garota se virou para ele e apoiou os ombros na parede, disposta a ouvir seu desabafo.

— Câncer — Tiago revelou sem aparentar abalo algum. — Quando ele começou a tossir sangue, minha mãe viu que não dava mais pra tratar.

— Meus sentimentos. É isso? "Meus sentimentos"? — Deu-lhe novamente as costas e continuou a explorar o andar de baixo.

— De boa. Faz tempo. Acabou sendo mais assunto pra terapia.

Poucas atitudes são tão socialmente inaceitáveis quanto a indiferença perante a tragédia. Mas no caso desses adolescentes, torturados por suas desventuras particulares, a preocupação de soarem indelicados nunca figurou entre as matérias de suas aulas de etiqueta.

— E foi dele que você herdou essa boa aparência? — Aproveitou a deixa para desvirtuar a conversa, conseguindo um sorriso do rapaz.

— Só o vício mesmo — respondeu, encabulado com a indireta.

Ao chegarem à sala de estar, Camila se impressionou ainda mais com as antiguidades que compunham o cômodo. A mobília preservada era típica das casas habitadas por idosos saudosistas que se negavam a se desprender de suas memórias. O enorme tapete persa continuava imponente no centro, mesmo tendo parte de suas geometrias arruinada pela deterioração dos anos servindo como adorno. Mas o que realmente fisgou a atenção da garota estava perto da parede, logo abaixo da televisão de tubo.

— Mentira! — Ela caminhou até a fonte do seu entusiasmo inusitado e apontou o que tanto a impressionara. — Sério?

— Quê?

— Uma lareira?

— É...

— Quem tem lareira?

— Minha vó.

— Exato. Porque aqui faz tanto frio, né... — debochou.

Suas mãos alcançaram o atiçador de ferro pertencente ao conjunto de ferramentas para controlar o braseiro e seus dedos o alisaram de forma erótica, enquanto o olhar envolto em luxúria encarava com segundas intenções o jovem.

— É pra revirar madeira queimada — ele explicou, sem entender a malícia.

— Não! Isto aqui é pra *atiçar o fogo*. — Para ser mais explícita, restaria apenas tirar a roupa.

Nem a artimanha de um sorriso sedutor foi capaz de derrotar a ingenuidade do amigo, que se manteve inerte ao vê-la dar-lhe abertura para tomar a iniciativa.

Desapontada porque suas insinuações não trouxeram nada além de constrangimento, Camila dispensou o charme.

— Você não sai da zona de conforto, né? — Foi até ele e o puxou pela mão para continuarem a explorar o restante da casa.

* * *

Sentado no balanço do jardim, Tiago aproveitava o cigarro aceso nos lábios. Ao seu lado, Camila embalava o corpo de leve, tendo como apoio o pesado atiçador de ferro fincado na grama.

Ambos contemplavam secretamente a melancolia de suas próprias lembranças, procurando preencher as lacunas ausentes nas memórias da infância. Para o rapaz, era uma prática comum meditar sobre o passado em busca de explicações para o presente, mas, para a jovem, era penoso trilhar o labirinto de seus pensamentos desolados, com medo de nunca mais encontrar uma saída.

— Por que nunca te vi antes? — Ela resolveu quebrar a apatia.

— Só vim uma vez, quando era moleque.

— A comida da sua avó não era boa o suficiente pra você voltar?

— Quem me dera fosse isso. — Esboçou um sorriso amargo diante da brincadeira.

O aparente nervosismo evidenciou a existência de um causo interessante a ser ouvido. A garota deixou de lado o utensílio da lareira e virou-se para o rapaz.

— Já me disseram que eu sou boa em escutar os outros.

Os dois não se conheciam havia muito tempo, mas o suficiente para Tiago saber que aquilo estava longe de ser verdade. Ele a encarou com a descrença de um herege diante de um missionário cristão, sem precisar dizer nada.

— Tá bom! Não rolou. — Ela deu de ombros. — Mas, se quiser falar, manda bala que eu aguento.

— Não... É o meu pano pra manga na terapia. — Voltou ao cigarro.

As conversas com Camila serviam para afastá-lo do seu medo particular, fazendo-o experimentar uma gota de como seria sua vida livre do trauma que o lançara à cova da introversão. Caso revelasse o real motivo de nunca ter retornado, correria o risco de ser visto por ela com os mesmos olhos de tantos outros que o enxergavam como um desequilibrado, pelo fato de sua história parecer fantasiosa demais para ser verídica.

Aquele novo silêncio cedeu espaço à adolescente para refletir sobre um assunto mais delicado. Algo dito por ele lhe despertara um interesse que, devido à sua natureza mórbida, carecia de uma certa prudência ao ser abordado.

— E esse lance de ser criado só pela mãe?

— Normal — Tiago respondeu na cadência da fumaça abandonando os pulmões. — Não sou o único a crescer sem ter referência masculina em casa.

— Eu queria saber como é não ter pai. Se ia sentir saudade do meu, ou sei lá... se as coisas iam melhorar, sabe? Muito ruim falar isso pra você?

Ao notar a vontade da amiga de lhe revelar algo que parecia perturbá-la, o jovem, atencioso, indicou não se incomodar com a pergunta e a deixou desabafar.

— Ele é desses que não veem a diferença entre paternidade e patriarcado. Se acha o senhor de tudo lá! — Camila retirou a ponta afiada do atiçador de ferro da grama apenas para fincá-la de novo com mais força.

Seu rosto recebeu os contornos da tristeza ao mergulhar nas águas calmas de uma época pretérita à tormenta. Era logo da primeira infância, quase apagada, mas os resquícios de sua brandura eram suficientes para saborear o tempo de quando acreditava ser uma menina abençoada.

O berço que ela julgava ser amoroso era a armadilha de carícias confusas que se aproveitavam da ingenuidade de uma criança para pregar sua pior peça.

— Meu pai até que era carinhoso quando eu era mais nova. Ter a atenção dele pra mim era tipo... tudo, sabe? Mas daí... mudou. Ele foi ficando mais agressivo, sem paciência... Comecei a ter medo, pensando no que ia acontecer quando eu ouvia ele escondendo os passos pela casa de madrugada. — Calou-se ao rememorar o episódio frequente, expondo a dor em uma lágrima. — Sempre que ele chega com aquele bafo de pinga eu viro de lado e finjo que já tô dormindo. Melhor coisa pros dois.

Tiago não soube como reagir ao desabafo. Era sincera sua empatia, mas também o assombro. Não ousou esclarecer a dúvida sobre o que havia entendido, pois não tinha certeza de querer saber a verdade, caso ela fosse, de fato, a que estava imaginando.

Pela primeira vez, o rapaz viu Camila se recolher amargurada. Por mais que ela tentasse, constantemente, mascarar seu olhar abatido com uma extroversão rebelde, a causa da tristeza fora desvendada.

Amordaçada em uma realidade hedionda vivenciada desde muito cedo, a garota não sabia como abandoná-la. Via-se presa a uma convivência familiar doentia, onde se tornara cúmplice de um comportamento repulsivo. Talvez a lágrima que lhe corria no rosto não fosse pelo asco que sentia do pai, mas por lembrar de sua mãe nos momentos mais indecorosos.

Percebendo Tiago pasmado com a confidência, mesmo não a tendo explicitado, a jovem mudou rapidamente de assunto para que ele não decifrasse o real motivo de seu luto.

— Mas vamos ver o lado positivo, né? — Enxugou as maçãs do rosto. — Se eu também não tivesse pai, quem é que te faria se sentir bem por não ter um?

Nem o sorriso forçado da bela jovem foi suficiente para afastá-lo de suas conclusões. Versado na tônica dos traumas, reconhecer um abalo emocional era como abrir os olhos e ver a luz num dia de sol.

Complacente com a dor da amiga, não poderia deixá-la amargar sozinha o desgosto de uma revelação pessoal de tamanha gravidade. O terror da realidade era devastadoramente pior que seu medo de fantasmas e, após ouvir o testemunho pesaroso de uma verdadeira castigada pela vida, sentiu-se na obrigação de se abrir:

— É pra lembrar. — Trouxe à tona uma questão anterior feita por Camila. — Minha terapia. Tô nela pra lembrar. — Arremessou longe a ponta queimada do cigarro e se permitiu ponderar por alguns poucos segundos sobre como abordaria um tema nunca antes tratado fora do consultório. — Tenho medo de um lance meio bizarro que acontece nesta casa de madrugada. Por isso que eu nunca voltei.

Prestes a confidenciar seu segredo, ele buscou nas feições da garota algum motivo para fazê-lo abandonar a intenção de escancarar a janela do seu trauma enrustido, mas deparou-se apenas com os atributos de um semblante interessado.

— Você vai me achar estranhão...

— Mais? — Foi espirituosa na brincadeira.

Mesmo envolto nas trevas da ansiedade, um sorriso sutil destacou-se na penumbra. Camila sabia tirá-lo de seu resguardo como poucos.

Não demorou muito para tornar a fechar o rosto. O receio de ser ridicularizado perseverava entre seus temores. Precisou abdicar completamente da autocrítica para conseguir denunciar a ocorrência que o apavorava.

— Achei que eu tinha deixado pra trás essa história, superado já, mas ontem... ontem eu tive certeza do que vi. — Ele encarou sua confidente e não desviou as vistas, para que ela tivesse convicção de que seu relato não era fantasia. — Tem um monstro que mora aqui nesta casa. E eu acho que sei onde ele tá.

* * *

Os rangidos intervalados nos degraus da escada manifestavam o medo de Tiago em apresentar a Camila o ninho de seu tormento. Chegando ao andar de cima, o jovem transpirava apreensão à medida que se estreitavam os passos em direção ao aposento maldito.

Com o atiçador da lareira ainda em mãos, ela tomou a frente.

— É dessa porta que ele sai?

— Só sei que ninguém pode entrar nesse quarto. Tipo, nunca.

— Será que o defunto do seu avô tá aí dentro, embalsamado em cima da cama? — O ânimo dela resplandecia só de pensar nos horrores fantasmagóricos que poderiam estar do outro lado.

O palpite era nitidamente um deboche escandaloso ao que o jovem lhe revelara no jardim, mas, para alguém certo de que naquela alcova trancada o inferno abria seus portões na madrugada, as mais improváveis suposições eram dignas de preocupação.

— Você não é ligado em sarcasmo, né? — Camila não deu margem para ele levá-la a sério. — Vamos enfrentar esse teu medo.

Sua mão alcançou a maçaneta. Ao descê-la, a adolescente percebeu que a intrusão não seria tão simples. Tentou forçar a porta, mas estava bem selada. Recusando uma derrota precoce, abaixou-se para examinar o buraco da chave.

— Melhor deixar quieto. — Tiago deu sinais de hesitação. — Prometi pra minha vó que não ia mais mexer com esse quarto.

— Você não quer o divórcio?

— Que divórcio?

— Dos dez anos de casamento com a terapeuta — provocou, levantando-se após a análise. — E não precisa ter medo do que vamos encontrar aí... A gente tá armado! — Exibiu o instrumento de ferro, provando estarem aptos a se defender contra a improvável criatura que ele acreditava habitar o cômodo.

Com tino investigador, a garota inspecionou rapidamente as proximidades à procura de algo para ajudá-la na invasão e reparou na porta aberta do quarto de Tiago.

— É o seu? — Após entrar sem aguardar confirmação, apoiou o atiçador de fogo no móvel mais próximo da entrada e tateou a tranca. Para sua decepção, não encontrou a chave do aposento.

— Tem um lápis aí? — Ela arriscou uma nova alternativa.

— Pra quê?

— Esse tipo de fechadura velha não tem segredo. Qualquer coisa que encaixe no buraco já destranca.

O rapaz nunca pensara naquela possibilidade, mas havia coerência no lampejo criativo da jovem artificiosa. Não lhe era tão remota a lembrança de moleques endiabrados invadindo salas na escola à procura de algo a ser furtado durante o intervalo das aulas.

No entanto, Tiago não usufruía do talento para desenho. E, mesmo que seus traumas combinassem com as páginas de um diário, jamais arriscaria tê-los descobertos por olhos curiosos. Seus segredos obscuros foram traçados apenas no quadro da mente para permanecerem unicamente consigo. Se houvesse alguma caneta que servisse ao propósito furtivo de Camila, ele não sabia onde estava.

Sem perder o ânimo atrevido, a jovem exerceu seu plano de emergência e caminhou ao outro cômodo mais próximo; o de Célia.

— Em casa antiga tudo costuma ter a mesma chave também. — Seus dedos encontraram o que tanto procuravam ao tocarem a fechadura pelo lado de dentro. — Acho que naquela época os pais não tinham tanto medo de serem assassinados pelos filhos enquanto dormiam.

Aproximando-se do quarto trancado, acompanhada do seu típico semblante cínico após as piadas de mau gosto, ela encaixou o objeto no trinco sem dificuldades e confirmou sua teoria.

Ao girar a chave, o som da porta sendo destrancada retumbou para Tiago como o estrondo de um trovão, fazendo estremecer a enorme rocha que o confinava à caverna de segredos crivada no penhasco de seu subconsciente.

Com um sorriso amistoso, Camila abriu a porta para ele.

Embasbacado, o jovem não sabia o que encontraria entre as paredes fechadas daquele quarto abandonado às suas fantasias horripilantes. Quando as dobradiças sem óleo rangeram, o dormitório proibido revelou-se pouco a pouco perante seus olhos arregalados.

O rapaz estava com medo de entrar. Com a verdade tão próxima, o dilema de reescrever o passado lhe parecia mais assustador que a própria criatura. Contudo, não podia desistir. Firmou-se na convicção de ter retornado àquela casa em busca de respostas e deu o primeiro passo em direção ao que viera buscar.

Receoso, ao cruzar a soleira pôde enxergar a grande cama de casal no centro, coberta por um lençol amarelado pelas décadas sem uso, e objetos antigos empoeirados que serviam às aranhas como encosto para as teias. Como sua mãe dissera, o cômodo se encontrava preservado. A luz cruzando a janela iluminava o pó que dançava no ar, pairando livremente após seus anos descansando sobre os móveis.

Camila não interrompeu o momento de descoberta. Apoiou-se no batente e observou com placidez o amigo deslumbrar-se com a experiência de confrontar pela primeira vez a esfinge de sua infância.

Inundado pela lógica das histórias mais tolas de terror, Tiago mirou o enorme guarda-roupa como destino. Imaginou que, se o monstro tivesse que repousar durante o dia, seria lá seu refúgio da claridade.

Era aparente sua apreensão conforme os dedos tremulantes quase alcançavam os puxadores do largo móvel. Um suspiro fundo foi necessário para abrandar a arritmia do coração atribulado antes de suas mãos suadas receberem a ordem para afastar as folhas de madeira.

Ele o fez de supetão. E quem o encarou de volta foi o vazio. Nada além de cabides velhos balançando com a movimentação do ar trazida pela abertura repentina das portas.

— Não tem monstro dentro do armário? — Camila zombou, mas não recebeu a atenção do jovem, alheio a qualquer intromissão que o afastasse do seu propósito.

Decidido a explorar todos os esconderijos clichês das fábulas infantis, seu rumo seguinte foi a cama.

— Bem original você... — ela o provocou mais uma vez ao vê-lo se pôr de joelhos à beira do leito.

Não tinha assombração no antro preferido das criaturas noturnas, mas, para surpresa de Tiago, havia uma caixa. Curioso, ele a pegou e sentou-se no colchão, colocando-a ao seu lado.

Após puxar as abas de papelão que a fechavam, sua expressão se arruinou, atraindo o interesse de Camila. Eram revistas de homens nus e algumas fotos descoradas antigas de adolescentes e crianças que jamais deveriam posar daquela maneira em frente às lentes de um fotógrafo.

Incrédulo, ele pôs entre os dedos a imagem pervertida de um menino privado de sua ingenuidade. Não sabia o que pensar sobre a perturbadora descoberta.

— Sempre ouvi que o meu avô era um homem correto. Desses do tipo apegado à tradição, todo preocupado com família... Dá pra entender por que minha vó não queria ninguém aqui. — Devolveu à caixa o retrato condenável.

Longe de compartilhar do mesmo abalo, Camila apreciava os corpos atléticos dos modelos despidos na publicação erótica que folheava em suas mãos.

— Pra um velho tarado até que ele tinha bom gosto.

De todas as injúrias em forma de piada ditas pela garota, aquela foi a mais grosseira. Tiago a encarou irritado, censurando seu comentário indevido.

— O quê? — ela protestou contra a reprimenda silenciosa. — Vai atacar de preconceituoso agora?

— Tem foto de menor de idade aqui! — justificou-se ele.

— E você, por acaso, deixa sua idade te impedir de fazer o que quer? — Largou a revista de lado e engatinhou sensualmente sobre o rapaz, fazendo-o se deitar.

— Camila...

— Shhh... — Apoiou o indicador em seus lábios, proibindo-o de manifestar sua timidez. — Só fica quietinho e não faz barulho. Vai ser o nosso segredo. — Beijou-lhe a boca, mas não foi correspondida.

A garota sedutora deslizou as mãos sobre o peito do jovem, acariciando-o com os dedos até alcançar a cintura. O assoalho rangeu quando ela se colocou de joelhos ao pé da cama e lhe baixou a calça larga.

Tiago estremeceu ao vê-la sorrindo com o rosto entre suas pernas desnudas. Estava nervoso, com medo de algo que

ainda lhe era desconhecido. Seu olhar refletia o mesmo desespero das crianças imaculadas perante uma pecadora orgulhosa.

Por mais que ele tentasse fugir, não foi capaz de controlar o impulso físico de seu desejo masculino, prontamente percebido pela adolescente tomada pela libido.

— Camila... acho melhor a gente não...

— Não precisa ter medo — interrompeu, encarando-o no
fundo dos olhos com um semblante que não parecia o seu. — Se
doer, prometo que eu paro.

A estranha promessa soou como a fala de uma terceira
pessoa sussurrando em seu ouvido. Era como se ela reproduzis-
se um comportamento encardido que havia assimilado, fazendo
do assédio sua arma para conseguir o que queria.

Camila libertou, sem embaraço, o falo aprisionado no
aperto da roupa íntima e o cobriu com os lábios umedecidos. Ela
ditava um ritmo agressivo, quase mecânico, sem o ardor dos jo-
vens apaixonados em seu primeiro encontro carnal.

Ofegante, Tiago tentava sentir prazer, mas a resistência
de suas vistas bem abertas fincadas no teto descascado o impedia de desfrutar do gozo. Para se concentrar nos supostos encantos que o ato jurava oferecer, fechou os olhos na esperança de a
escuridão ajudá-lo a se deixar guiar pela luxúria.

Mas, no breu da visão interrompida, as trevas ganharam
forma. Enquanto seu membro era adulado pela boca insaciável
da garota, rebentou na sombra a lembrança tenebrosa da criatura grotesca devorando-lhe as pernas.

— Não! — Tiago a empurrou com violência.

Transtornado após seu reflexo involuntário, corroeu-se
pela culpa ao ver a garota atirada no chão.

— Desculpa, Camila. Eu não...

— Tá louco?! — ela berrou, indignada. — Que porra você tá fazendo?!

Ele não tinha resposta. Embora fosse diagnosticado com algum tipo de transtorno, sua hostilidade jamais se manifestara em forma de agressão.

A ardência no lábio inferior fez Camila levar a mão à boca e ver manchado nos dedos o sangue que vertia de um corte leve.

— Não acredito.

— Me deixa ver...

— Não encosta em mim! — Ela se afastou, revoltada, após o rapaz tentar alcançar o seu braço em uma fraca tentativa de reconciliação.

Sentindo-se humilhada, a adolescente se colocou novamente de pé para exibir sua lastimável faceta injuriosa acima do rapaz cabisbaixo, inibido pelo próprio ato.

— Eu tava fazendo graça quando disse que você tinha medo de garota, mas tô vendo que você é mesmo um maricas... que nem a porra do seu avô!

Fruto de sua autoestima rastejante, a negativa ao único de seus dotes que julgava irrecusável feriu-lhe o orgulho. Por pior que fosse o motivo para uma mulher rejeitada destilar o seu repertório de ofensas, Camila podia ser palestrante na arte do insulto.

Ela partiu, determinada a nunca mais ver o amigo e a profanar seu nome sempre que o lembrasse.

— Camila! — Tiago ainda tentou mantê-la entre as paredes do quarto, mas nenhum clamor para ela retornar seria capaz de fazê-la escutar seus pedidos de perdão.

Acostumada a camuflar o sofrimento, a jovem optou pelo ódio no rosto para disfarçar o coração dilacerado. Em sua maneira deturpada de mostrar afeto, não sabia o que fizera de errado. O único abrigo que ela conhecia para superar a rejeição era debaixo da asa do pai a quem tanto odiava.

Prestes a cruzar a saída da casa no pavimento inferior, esbarrou-se contra Laura no vão da porta. A mulher acabava de chegar da farmácia com a família e foi pega no susto com a pressa da garota em fuga.

Em dúvida quanto ao desalento aparente no rosto da menina, que nem se incomodou em cumprimentá-la, buscou Tiago com as vistas, mas não o encontrou no andar de baixo. Receosa de ele estar trancado em seu quarto, remoendo as dores de uma investida romântica fracassada, subiu as escadas em silêncio, com a ansiedade de uma mãe que não fazia ideia de como consolar o filho após a primeira desilusão amorosa.

Ao pisar com cautela no último degrau, o que viu a fez preferir a alternativa imaginada. Lá estava ele, de calça na altura dos joelhos, completamente alheio ao mundo ao seu redor, sentado, infeliz, na cama do avô.

Quando Célia chegou logo atrás, ficou sem reação. Sua raiva em deparar com o neto transgressor dentro daquele cômodo mesclou-se ao seu desespero de imaginar ver escavado o segredo inominável que enterrara fundo nas terras do ocultamento.

* * *

Transcorreu taciturno o restante do dia. No desânimo de encontrar palavras para discutir o aglomerado de culpas, todos optaram pelo recolhimento em seus dormitórios.

Até mesmo Bruno, inocente demais para compreender a gravidade do assunto, renunciou às brincadeiras no pátio e respeitou a sobriedade daquele momento delicado.

O desrespeito de Tiago às regras da casa trouxe à luz uma revelação embaraçosa, mas ele não parecia se afundar em remorso. Não era crime se aproveitar da indisciplina para fazer novas descobertas. É da inconsequência adolescente que florescem as mais intensas experiências da juventude. Seu lamento jazia apenas na lembrança de Camila abandonando-o e no mal-estar em saber que enfrentaria o olhar julgador da avó ao sair do quarto.

Já era noite quando Célia finalmente criou coragem para deixar seu aposento e descer as escadas. Ela sabia que teria de abdicar da reclusão em algum momento para aclarar as dúvidas pairando sobre a cabeça da filha.

Na cozinha, encontrou Laura sentada com o queixo apoiado nas mãos, não se sabia havia quantas horas, refletindo sobre a descoberta sem conseguir encontrar uma saída coerente para o labirinto tortuoso das lembranças que tinha do pai.

Célia se ajeitou em sua cadeira à ponta da mesa e a acompanhou no flagelo. Ambas lamentavam caladas o acontecido, mas o som da agonia que retumbava no crânio era ensurdecedor.

— Não foi pouco o tempo que eu consegui esconder essa vergonha. — A idosa, arrasada, finalmente deu início às suas alegações, com as vistas perdidas mirando o vazio. — Foram anos... anos imaginando como explicar o que tinha lá no quarto, mas agora, quando eu preciso falar alguma coisa... qualquer coisa, pra justificar essa barbaridade do seu pai, esse... esse fetiche dele... — Respirou fundo e se permitiu um momento de silêncio para se recompor. — O nosso casamento nem sempre foi um mar de rosas, mas nunca... nunca quis que a reputação dele fosse manchada desse jeito. Nunca. Ele foi um ótimo pai e o mínimo que eu podia fazer era preservar a imagem que você tinha dele.

Ainda que ouvindo a confirmação sair da boca da mãe, Laura relutava em aceitá-la.

— O discurso do papai sempre foi tão conservador. — Ela buscava não só nas qualidades do finado, como também nos defeitos, alguma prova para refutar o exposto.

— Eu sabia como isso ia te afetar, minha filha. Por esse motivo que eu mantive o quarto dele sempre trancado. Não queria que a memória do seu pai fosse desonrada por um desvio que ele jamais quis que você descobrisse.

— Mas eu me lembro dele sendo todo turrão, de falar que homem não chora, todo orgulhoso...

— Seu pai foi obrigado a viver uma mentira. A aprender a se portar como era esperado pelos outros. E tenho certeza de que, se não fosse por você, ele não teria conseguido esconder por tanto tempo da família essa preferência dele.

Embora descobrir a orientação sexual de sua principal referência masculina, com quem dividira as mais profundas confidências durante décadas de vida, tivesse vindo como um choque, não era a sexualidade do seu pai a razão de sua amargura, e sim a perversão da qual ele estava sendo acusado. A recordação de um passado afetuoso ao seu lado na infância não lhe facilitava a aceitação de que ele pudesse se sentir atraído por crianças.

— Não consigo ver sentido... — insistiu.

— Nem eu, minha filha. Nem eu... Mas era melhor que seu pai desafogasse essa vontade em revistas, ou em fotografias que eu nem quero imaginar como ele conseguiu, do que fora de casa. Pelo menos isso a gente tem que agradecer.

Era penoso para Laura desconstruir sua idolatria. O pai a tratara com carinho desde o berço, não economizando mimos e celebrando todas as suas conquistas com o entusiasmo de um artesão caprichoso que via na filha única sua obra mais perfeita. As memórias ao lado do homem de maior importância em sua vida não seriam apagadas, mesmo se o desvio de comportamento do qual ele era réu sem direito a defesa fosse digno de repulsa.

Ela estava incomodada, como não poderia deixar de ficar ao tomar conhecimento de algo dessa natureza havia tanto tempo em sigilo, mas não parecia tão arrasada quanto a mãe.

A idosa fazia questão de ostentar toda a ruína de seu vulto enrugado. A testa franzida ganhava novas dobras, escoltando as olheiras fundas na pele vincada do rosto exageradamente amargurado.

— Mas e a senhora, mãe? — Ofereceu-lhe o palco que queria.

— Ah, minha filha... quando eu descobri... É natural ficar abalada com uma coisa dessas. Mas minha preocupação sempre foi no que você ia pensar do seu pai. Espero que me perdoe por nunca ter te falado nada.

A nobreza não era uma das qualidades que Laura citaria diante do túmulo de Célia se lhe fosse pedido um discurso na hora do seu enterro. No entanto, guardar consigo um segredo tão devastador para preservar a imagem adorada que uma filha tinha do pai era de uma generosidade infinita. Ainda mais por lembrar que o relacionamento entre ambos sempre fora turbulento e marcado pelas provocações ofensivas de um casamento sem amor.

Em agradecimento ao gesto honroso ao longo dos anos, ela apoiou de forma carinhosa uma das mãos no braço da mãe e presenteou-a com seu mais sincero sorriso.

A conversa, que deveria estar reservada apenas aos envolvidos diretamente no drama familiar, tinha ouvidos curiosos que a acompanhavam com atenção. Tiago estava, fazia tempo, sentado no último degrau da escada, escutando a tudo na surdina, e logo foi acompanhado pelo caçula.

— A mãe tá chorando? — Bruno perguntou ao estranhar o repentino silêncio. Recebeu como resposta um aceno negativo de cabeça. — Mas é ruim isso que a vó Célia tá contando pra ela?

Cego pela venda da própria ingenuidade, o menino ainda era incapaz de compreender o conteúdo da discussão em pauta na cozinha. Mas o adolescente, buscando uma maneira de responder sem precisar explicar a natureza da conversa, optou pela alegoria:

— Ela tá falando do monstro no quarto.

O pequeno encarou o aposento maldito com pavor no olhar. A porta tornara a estar trancada, mas os horrores escondidos por ela eram vivos na mente do garoto.

— Relaxa. — O mais velho quis reconfortá-lo. — Ele existe, mas não do jeito que você pensa.

Confuso com as parábolas do irmão, Bruno arriscou uma interpretação:

— O vovô que é o monstro?

Tiago não soube como responder. Os fatos pareciam expostos, mas suas peças não montavam um quebra-cabeça coerente. Preferiu omitir sua opinião até desvendar por completo a origem da criatura avistada na madrugada.

Retribuindo o carinho da filha, Célia acariciou-lhe a mão e se preparou para levantar-se, apoiando-se na bengala.

— É... Vamos todos descansar porque uma noite bem-dormida vai ajudar a despistar um pouco essa tristeza.

Antes que a velha abandonasse a cozinha de volta ao isolamento do quarto, Laura decidiu comunicar uma decisão tomada anteriormente à conversa:

— Amanhã a gente vai embora, mãe.

Célia interrompeu o passo, incrédula, e deu meia-volta, fingindo-se de desentendida:

— Não ouvi.

— Logo cedo eu vou pegar a estrada com os meninos.

— Que absurdo! Vocês acabaram de chegar.

— Eu sei, mas os remédios de tratamento pra asma do Bruno ficaram em casa e esse que a gente comprou é só para as crises.

O constrangimento encharcado no excesso de explanações evidenciava sua mentira, observada pela idosa subitamente tomada pela raiva.

— Isso é por causa do Tiago, não é?! — disparou.

— Não, mãe. É que vai ser mais fácil...

— Escuta, Laura! — interrompeu as desculpas esfarrapadas com seu característico tom de voz impositivo. — Você não pode ficar se ajoelhando toda hora para um mimado que não sabe ter limite! Você precisa ser mais dura com esse menino, pra ele não continuar mentindo e inventando história absurda de assombração pra conseguir tudo na hora que quer!

— Mãe... — A mulher começou a se irritar com as ofensas a seu filho, mas respirou fundo para não entrar em confronto.

— Ele mereceu a bronca que eu dei, Laura! — Manteve a postura aguerrida. — Se o Tiago não fosse um malcriado, sem respeito nenhum pelo que os outros consideram importante, você não estaria aí sentada imaginando o seu pai sem as calças se aproveitando de alguma criança!

— Chega, mãe! Chega! — Sua tentativa de manter o equilíbrio foi em vão e ela começou a esbravejar: — Durante toda a vida eu fiquei calada vendo a senhora criticar o papai por tudo que ele fazia! Tudo! Não aceito que a senhora fale dele desse jeito! Você pode achar que ter defeito é uma coisa só dos outros, mas fique sabendo que foi a senhora quem transformou a vida do papai num inferno!

— Você trate de falar direito comigo! É o *seu filho* quem está causando esse transtorno todo, fingindo ter sofrido um dano emocional seríssimo só pra não ter que se responsabilizar pelo que ele faz de errado!

Quando contrariada, Célia forjava seus insultos com o martelo pesado da ignorância. Suas injúrias extremamente agressivas extrapolavam os limites mais sagrados de um tratado de guerra. Algumas coisas nunca deveriam ser ditas, mas para a velha no altar da prepotência suas palavras eram lei e mereciam reverência.

— Não, mãe! E eu não vou permitir que a senhora fale do *meu filho* como se não tivesse responsabilidade nenhuma pelo que aconteceu com o Tiago! Não vou! — Defendeu sua cria com a cólera de uma leoa. — Se alguém tá fingindo alguma coisa aqui é você, que não assume a sua culpa por um problema dele que começou nesta casa! — desabafou aos berros antes de despejar uma mágoa antiga entalada na garganta: — Não quero mais mentir pra mim, não quero. Eu odeio esta casa! Odeio! Odeio lembrar de mim e do papai sempre tendo que baixar a cabeça pra você, com medo de encarar esse seu olhar de desprezo! Odeio chegar aqui e lembrar que foi a minha covardia de não te enfrentar quando eu devia que me fez ser uma mãe omissa, que não conseguiu sequer escutar um pedido de socorro do próprio filho!

Laura desabou a chorar. Seu pranto sentido era fruto de desconfianças particulares nunca confirmadas. Por receio de serem verdadeiras, preferira deixá-las isoladas num ponto bem distante da memória para um dia morrerem sufocadas pelo sudário do obscurantismo.

— Não consegui fazer nada pelo Tiago. Não consegui... — Seu bramido esvaeceu, derrotado pelo triunfante desgosto da própria negligência. — Mas eu não posso repetir esse erro com o Bruno. Não posso. E não vou!

Vendo que sua filha parecia realmente determinada a partir, Célia foi obrigada a ajoelhar-se no degrau da vergonha e implorar:

— Por favor, Laura. Tudo de que eu preciso, que te peço do fundo do coração, é que você não me afaste dos meus netos. Eu não tenho mais dez anos pra ficar esperando outra mágoa terminar.

— Não tem mágoa nenhuma, mãe. — Enxugou as lágrimas, acompanhando o tom de voz mais brando da suplicante.

— Fiquem só mais uns dias. Eu e o Bruninho estamos nos conhecendo. E estamos nos dando tão bem. — Adoçou a voz, apelando a uma simpatia dissimulada para dissuadi-la de zarpar.

Para Laura, o sorriso falso da mãe querendo reconquistá-la era menos efetivo que uma pá de terra tentando cobrir um abismo. Ela permanecia irredutível na sua decisão.

— Melhor a senhora se despedir dele hoje antes de ir deitar se não quiser acordar cedo amanhã. — Ignorou o pedido e levantou-se da cadeira.

Usar o pretexto de arrumar as malas soaria perfeito como desculpa para encerrar a conversa de maneira menos agressiva, mas ela não fez questão de ser delicada. Calada, caminhou para fora da cozinha sem olhar para Célia.

Torcendo para os filhos estarem entregues ao sono, a mulher caiu no lodo da angústia ao seguir em direção à escada: os dois estavam sentados no último degrau, encarando-a com a nítida aparência de terem escutado toda a discórdia.

Ela ficou consternada ao ver que Tiago acompanhara a discussão. Mas o rapaz, acostumado a ser o foco dos desentendimentos da família, não esboçou nenhum rancor. Parecia indiferente, algo ainda pior para o orgulho da mãe, que não recebia retorno emocional algum para tentar remediar. Ele simplesmente se colocou de pé e foi para seu aposento, deixando Bruno sozinho para lidar com o remorso manifesto de Laura.

Entristecida, restou-lhe subir a escada com um novo sentimento de fracasso.

— Vem, filho. — Ofereceu a mão ao mais novo e o levou para se deitar.

* * *

A mala de Tiago estava quase fechada quando soaram as batidas em sua porta. Os fones presos nas orelhas entoando uma melodia ensurdecedora o impediam de escutar quem o chamava.

Após o revés de várias investidas acanhadas, os punhos impacientes se baixaram e a porta foi aberta com certa cautela.

— Tiago?

Era Laura quem entrava aos poucos, com a hesitação de uma pessoa tocada pela crença de estar incomodando. Ao vê-la, o rapaz retirou a música dos ouvidos e reparou em seus passos receosos.

— Tá tudo bem? — Ela arriscou a banalidade de uma conversa para quebrar o gelo e recebeu como resposta nada além de uma apática jogada de ombros. — Quer ajuda com a mala?

— Ir embora já tá bom. — O jovem preferiu dar as costas e retornar à arrumação de sua sacola.

A mulher se manteve estática, como uma estátua imortalizada em sua mais melancólica expressão de mármore. As mãos suadas se esfregavam para afastar o nervosismo. Queria se abrir com o filho, explicar sobre a discussão na cozinha e pedir perdão pelo que ele escutara, mas não sabia como. Tiago era destro em ignorá-la quando o assunto não era de seu agrado, fazendo-a se sentir uma oradora aos ventos do deserto.

Insegura, ela só conseguiu ter voz ao se desviar da real intenção de sua ida ao encontro do adolescente.

— Posso te pedir um favor, filho? Teria problema você ficar de olho no Bruno esta noite? — Até para solicitar uma simples gentileza ela ficava inibida. — Preciso deitar algumas horas antes de pegar a estrada, mas tenho receio de ele ter outra crise como a de ontem.

— De boa. — Ele concordou, mas sem ter sequer a educação de se virar. Ateve-se à sua atitude arrogante de continuar acomodando as roupas na mala, embora já estivessem ajeitadas.

Não havia espaço para o desabafo de Laura. Apesar de o rapaz não a presentear com o olhar, restou a ela vestir um desbotado sorriso como forma de agradecimento, ainda que ignorado.

— Vou deixar a porta do quarto dele aberta — informou prestes a sair, vendo sepultada pela pesada tampa da amargura a esperança de terem um diálogo franco.

Ela já cruzava a soleira quando o jovem resolveu se manifestar:

— Mãe... — O chamado não foi incisivo, porém, bastou para receber a atenção da mulher devastada pela carência.

Tiago era desprovido de uma boa saúde emocional e isso se refletia diretamente em sua forma de tratar os familiares. Desafeito a demonstrações sentimentais, soava-lhe constrangedor proferir qualquer sentença de empatia. Jamais versaria liras de perdão, ou trovaria sonetos compassivos, a ouvidos necessitados de conforto. No entanto, até mesmo em seu estreito senso de afeição, o rapaz não conseguiria permitir que a mãe deitasse no leito da agonia por declarações feitas pela avó.

Virou-se para ela e lhe buscou o fundo dos olhos para que suas palavras fossem bem acolhidas:

— Nada disso é com você.

Aquilo bastou para que os lábios de Laura começassem a tremular. Em seu rosto, prestes a ser tomado pelo pranto, via-se a mesma gratidão de um devoto que parecia ter ouvido o tão aguardado canto de um anjo. Afônica, ela agradeceu ao filho por tirar o peso da culpa de seus ombros e deixou o aposento encostando a porta, otimista com a ideia de que não precisaria mais se curvar diante do remorso de se sentir uma mãe negligente.

Sozinho, o adolescente correu o zíper da mala para fechá-la e a deixou ao lado do atiçador de ferro que Camila esquecera em seu quarto. Deitou-se na cama, mas as vistas não pareciam conseguir se desgarrar da passagem interditada. Aquela seria a última noite na casa e sua perna, num sacolejar incessante, denunciava a ansiedade.

A aparição da criatura na madrugada anterior trouxera ainda mais questões ao já intrincado enigma de sua infância e pensar em ir embora sem uma resposta o inquietava.

Decidido a se expor aos perigos que as trevas lhe reservavam, respirou fundo e escancarou a entrada do cômodo. Com a escuridão do corredor encarando-o de volta, seu medo do passado voltou a reinar absoluto. O teto era a fuga à qual suas vistas se agarravam, mas o canto do olho ainda era assombrado pelo breu intimidante do lado de fora do aposento.

Ele se virou para a janela e deparou-se com a memória viva dos terrores que o atormentavam ao ser confrontado pela penumbra enxergada no reflexo. O único refúgio encontrado foi se acuar sob o abrigo das cobertas até adormecer.

6.

TIAGO, AINDA MENINO, DORMIA EM SUA CAMA COM A expressão inquieta de quem resistira a cair no sono. Os horrores da imagem tenebrosa do monstro na porta de seu quarto, e a consequente descompostura da avó ao tentar examinar o dormitório creditado por ele como morada da aparição, dificultaram sua entrega tranquila ao repouso. Opusera-se o quanto fora possível aos encantos de Morfeu, mas acabara embalado por seus braços.

Porém, naquela madrugada remota, o presente e o passado se encontraram de maneira insólita. Era como se o próprio deus alado dos sonhos noturnos tivesse abandonado o leito de ébano de sua caverna decorada de flores para oferecer a Tiago uma visão arrancada do mais profundo abismo de suas lembranças recalcadas.

Do lado de fora da janela, o rosto do adolescente apareceu na moldura, tal como se flutuasse pelo ar na figura invisível de um espectro. Confuso em seu pesadelo consciente, não identificou de imediato onde estava, mas, ao reconhecer seu eu infantil deitado no colchão, compreendeu ser o espectador solitário de uma recordação reprimida.

Ele reparava em tudo com a curiosidade de um arqueólogo preso a uma catacumba recém-descoberta. Precisava desvendar os segredos daquela estranha retomada alucinatória da memória a fim de apartar a tampa do jazigo no qual seu trauma se achava sepultado.

Foi quando viu algo se mover nas sombras do corredor.

Da cama, embarcado no mais profundo descanso, o garoto não ouviu o ranger das dobradiças que antecedeu o barulho da perna de madeira a caminhar pelo assoalho. Mas, conforme o macabro vulto se aproximava, os bizarros contornos do que tanto aterrorizara Tiago começaram a tomar forma.

Ao ser brindada com a claridade do luar atravessando a janela onde o jovem assistia ao seu passado, a aparência perturbadora da criatura pôde ser vista em sua completude na entrada do aposento.

Os relances que a mente do rapaz lampejara do monstro durante anos não faziam justiça à sua real deformidade. O rosto hediondo, de um cadáver vagante com a pele encarquilhada, assombraria o mais valente cavaleiro. O traje longo e de aparência ancestral encobria a parte inferior do corpo, deixando à mostra apenas uma insignificante fração do que restara de um suporte estilhaçado em madeira no lugar de uma das pernas.

Por um momento, lá ficou a medonha aberração sob o umbral, imóvel, apenas cobiçando a presa adormecida com seus olhos negros encovados. Até ela entrar.

Observando da janela, Tiago tentou intervir, mas encontrou-se preso à frustrada condição de testemunha. Seus berros não emitiam som e seu desespero não era notado.

O ser demoníaco ergueu a mão grotesca de aparência gengival e alcançou a manta que cobria o menino. Com os dentes apodrentados no lugar dos dedos, puxou a coberta e revelou o corpo do pequeno. No ritmo moroso de um ente satânico que parecia cansado, caminhou em direção ao pé da cama com seu passo manco e estranhamente se curvou.

A ação seguinte, presenciada pelo adolescente, que viu a criatura se agachar, conferiu ao jovem a certeza de que aquele momento era o berço de seu grave abalo emocional.

De forma apavorante, a boca desdentada da assombração foi monstruosamente se abrindo, ignorando os limites da própria mordida. A mandíbula desrespeitava a elasticidade da pele, rasgando as laterais dos lábios conforme se alargava cada vez mais. O queixo distendido já ultrapassava o torso quando a besta resolveu saborear seu banquete.

A imagem impactante do demônio esfomeado devorando-o quando criança fez Tiago estremecer. Em um repente descontrolado, ele vociferava protestos a plenos pulmões, golpeando a vidraça na inútil tentativa de invadir a casa. Queria impedir o passado de acontecer para se ver livre da histeria que o molestava, mas ao pesadelo ele era mudo.

Embora a lembrança não admitisse sua interação inflamada, a reação febril do rapaz refletia uma inquietação no seu eu infantil. O ânimo alterado, implorando para acordar do evento nefasto que o afetaria por toda a vida, pareceu trincar a lógica do tempo e do espaço, espelhando no rosto pueril adormecido a mesma expressão de angústia.

As pernas do menino já estavam completamente engolidas quando ele começou a abrir os olhos. Ao ter nas vistas o vulto que aparentava mastigá-lo na altura da cintura, foi incapaz de compreender o que acontecia. O absurdo em sua forma mais estarrecedora era demais para o intelecto de uma criança decifrar.

Apavorado, o pequeno não conseguia sequer gritar enquanto se abriam as chagas daquela agressão inominável que jamais cicatrizaria. Para sobreviver à experiência intolerável, restou-lhe torná-la invisível para si mesmo, enterrando-a no beco mais distante da memória.

NA MADRUGADA, O SONO DO ADOLESCENTE TIAGO ERA IRRE-
quieto. Da segurança do seu leito coberto de suor pelo nervosismo, ele vivenciava o pesadelo como se de fato estivesse na
presença de uma quimera faminta.

Quando sua lembrança o colocou devidamente atrás dos
olhos do agredido, o medo em seu apogeu confundiu-se com
um breve relance de seu momento íntimo com Camila. O jovem
despertou assustado, e os braços, em movimentos involuntários
frenéticos, buscaram de maneira desvairada afastar algo imaginário de cima de si.

Ofegante, levou alguns segundos para aceitar ter se li-
vrado do sonho angustiante após constatar estar sozinho no
quarto. A fim de restaurar a calma do coração em disparada,
encheu os pulmões de ar para amortecer a forte dor em seu
peito flagelado pela palpitação. Se fosse cardíaco, talvez pas-
sasse a ser dele a alma a vagar pelos corredores do casarão depois daquela noite.

O retrato da criatura invadindo o aposento para devorá-lo era vivo em sua mente. As alegações de que teria criado um ente sobrenatural imaginário para justificar seus temores caíra por terra assim que ele o vira de relance subindo as escadas. E agora, com o resgate daquela memória havia tanto esquecida, não tinha mais como ignorar o fato de a casa ser mesmo assombrada.

Embora tivesse desvendado o evento incitante do trauma, Tiago não se sentiu livre do estorvo. Dentro de si não existia a placidez prometida pelos médicos que diagnosticaram seu distúrbio.

Enquanto buscava decifrar os signos do pesadelo, lamentando o fracasso do que parecia ser o final de sua luta dramática pela cura de seu transtorno, o inconfundível ressoar da perna de madeira agrediu o silêncio noturno. De imediato, seus olhos apontaram para as trevas do lado de fora do cômodo e o rapaz viu passar pelas sombras o vulto descabelado do monstro manco em sua marcha vagarosa.

Aquela era a oportunidade de estar diante do algoz, mas o receio de enfrentá-lo não era facilmente superado. Mesmo um adulto, quando confrontado por seus pavores primários, ajoelha-se perante a fobia.

Indeciso quanto a abandonar o quarto rumo às sombras, sua vista deitou sobre o atiçador da lareira descansando ao lado da mala. A ferramenta de metal, lá deixada por Camila, convidava-se a escoltá-lo na vingança pelos longos anos de perturbação emocional. Aliada ao desejo de reparação havia também a promessa feita à mãe, de se manter atento ao irmão durante a noite.

Na certeza de o trauma ser resultado dos caprichos infames de um espírito detestável que se alimentava do medo de crianças indefesas, Tiago ergueu-se, enfim, e, sem hesitar, alcançou o instrumento de ferro.

Ele sondou a penumbra com cautela, olhando-a a fundo em busca da aparição, mas as batidas dos passos no piso tabuado se encerraram, como se a aberração tivesse ancorado em seu destino. Na agulha que apontava sempre ao norte do espanto, a bússola indicou o aposento de Bruno como porto.

Para lá o jovem caminhou na ponta dos pés, estarrecido ante a súbita ousadia de perseguir na escuridão algo que jamais imaginara ter a coragem de sequer observar à distância.

Com a alma febril, chegou ao quarto do caçula. Para aumentar sua apreensão, deparou-se com a porta do local encostada, e não aberta como Laura dissera que a deixaria.

Quase regressou à ilusória fortaleza das cobertas. Arquejava como se de frente à morte, fantasiando o que veria ao abrir o cômodo.

Trêmulos, seus dedos empurraram a folha de madeira com a cautela dos covardes diante do perigo. Quando passou a cabeça pela abertura, temeroso, foi do luar o mérito de revelar um horror muito pior que o previamente imaginado.

Debruçada no colchão sobre o pequeno Bruno estava Célia, vestida em seu traje noturno já amarelado pelos longos anos de uso. Com a bengala de ponteira gasta apoiada na cama e os cabelos soltos esvoaçados pela noite encostados no travesseiro, a avó retirou a dentadura com uma das mãos e desceu a calça do neto mais novo com extremo cuidado para não o acordar.

Crédula de não haver testemunhas para seu crime, ela abriu a boca desdentada e baixou o tronco em direção à cintura do menino adormecido. Prestes a consumar o abuso repulsivo, notou o vulto de alguém abrigado nas sombras. Ao buscar o inesperado espectador de sua perversão, avistou o adolescente, imóvel, sob o umbral.

A expressão de pavor estampada no semblante do rapaz encontrou nova morada no rosto da idosa. Constrangida, Célia não sabia como reagir. De nada lhe adiantaria arriscar-se mais uma vez a se esconder na alegoria de uma mente infantil traumatizada. Tiago a enxergava como ela era.

Com a mulher desnuda de sua figura matriarcal dissimulada, a esfinge fantasmagórica revelava seu real contorno, tornando concreto para o jovem o que lhe era indizível quando criança.

Algo que antes era considerado misterioso ou sombrio começava a ganhar ares de intolerável. A construção mental de uma criatura assombrosa, para sanar um episódio que sua ingenuidade não lhe permitira assimilar, perdia a abstração quando ele ligava a imagem do monstro à da avó.

O horripilante som do lento caminhar nas madrugadas, a estranha mão gengival com os dentes apodrentados no lugar dos dedos, a repulsa instintiva aos lábios umedecidos de Camila sobre seu membro... tudo encontrava sentido. Até mesmo as revistas de pornografia infantil abrigadas em uma caixa debaixo da cama de um quarto onde a entrada era proibida.

O neto encarava, sem tolerância, o olhar de Célia alagado em culpa. Como se fosse uma prisioneira da própria depravação, incapaz de digladiar contra um anseio incontrolável ainda que hediondo, era aparente sua vergonha. Ela nem arriscou defender-se, pois sabia que seu pecado moral era dos graves.

À medida que os fragmentos da construção do trauma de Tiago desembaralhavam-se para montar sua figura real, a raiva por ter a vida arruinada pelos prazeres sórdidos de uma velha sem caráter se acentuava.

Desorientado, o espanto no semblante escondia sua revolta prestes a explodir. A escavação no tenebroso sítio das memórias reprimidas encontrou o elo perdido do passado, mas permanecia obscura a decisão do que fazer com a descoberta.

Em seu olhar petrificado refletia a obrigação de não deixar que seu irmão também fosse vítima das perturbações que comprometeram sua saúde emocional. Ainda que a verdade não lhe trouxesse a cura, pôr Bruno a salvo lhe daria um sentido de redenção.

No firme desejo de preservar o caçula, sentiu arder as mãos por apertar cada vez mais forte o bastão de ferro. E a lembrança dos anos em que vivera atormentado pela mentira alimentava a fúria em seus braços.

Célia percebeu a amargura do neto transformando-se em rancor. Com um visível anseio de reparação crescendo diante de si ela sabia que seria impossível manter seu segredo. Não havia como escapar.

Uma nova tragédia estava para acontecer.

TAMBÉM DE
MARCOS DEBRITO:

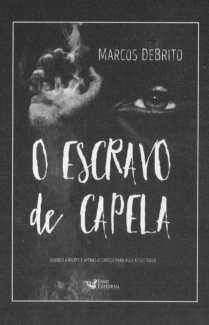

O ESCRAVO de CAPELA

Durante a cruel época escravocrata do Brasil Colônia, histórias aterrorizantes baseadas em crenças africanas e portuguesas deram origem a algumas das lendas mais populares de nosso folclore.

Com o passar dos séculos, o horror de mitos assustadores foi sendo substituído por versões mais brandas. Em *O Escravo de Capela*, uma de nossas fábulas foi recriada desde a origem. Partindo de registros históricos para reconstruir sua mitologia de forma adulta, o autor criou uma narrativa tenebrosa de vingança com elementos mais reais e perversos.

Aqui, o capuz avermelhado, sua marca mais conhecida, é deixado de lado para que o rosto de um escravo-cadáver seja encoberto pelo sudário ensanguentado de sua morte.

Uma obra para reencontrar o medo perdido da lenda original e ver ressurgir um mito nacional de forma mais assustadora, em uma trama mórbida repleta de surpresas e reviravoltas.

"Cada página é como um golpe cruel de chicote. E sai muito sangue!"

RAPHAEL MONTES – Autor de *Dias Perfeitos* e *Jantar Secreto*

CONHEÇA TAMBÉM:

A ESCURIDÃO SE APROXIMA E, COM ELA, SEUS PIORES MEDOS...

Em 2004, Benjamin Simons deixa o orfanato em que viveu desde a infância para ajudar alguns parentes num momento difícil: com sua tia debilitada e o tio trabalhando dia e noite, precisavam de alguém para tomar conta de sua prima Carla, de apenas cinco anos de idade.

No entanto, certa madrugada, a tranquilidade da colina de Darrington é interrompida por um estranho pesadelo, que vai tomando formas reais a cada minuto. Logo, Ben descobre-se preso numa casa que abriga mistérios, onde o inferno parece mais próximo e o mal possui uma força evidente.

Passaram-se mais de 10 anos. Isso tudo aconteceu quando Ben estava com dezessete anos, e foram experiências das quais ele preferia esquecer completamente...

Mas aquele passado o acompanha de perto. Ben sente que precisa voltar e sabe que, ou desvenda tudo ou sempre viverá com medo. Então, ele decide contar, e traz numa narrativa angustiante e rica em detalhes tudo o que viveu e todas as batalhas impensáveis que travou para tentar manter a si próprio e a jovem prima em segurança. E se descobre no centro de uma conspiração capaz de destruir até a sua própria sanidade.

Alternando passado e presente, com provas e bastidores do caso nos dias atuais, Horror na Colina de Darrington mantém o leitor aceso aos detalhes da investigação, que tornam a história complexa e absolutamente intrigante.

Onde termina o inferno e começa a realidade?

PARA OS NOIVOS É O DIA MAIS IMPORTANTE DE SUAS VIDAS

Meses atrás, os amigos diriam que o namoro de Plínio e Diana tinha prazo de validade. Eles se conheceram de um jeito bizarro, pensam completamente diferente e nenhuma das famílias aprova o relacionamento. Mas eles resistiram a tudo. E agora vão se casar.

PARA O DETETIVE É A MELHOR CHANCE DE PEGAR UM CRIMINOSO

O mais *íntegro* dos convidados esconde um segredo devastador. Mas alguém sabe e está disposto a espremê-lo com chantagens. É então que o detetive Conrado Bardelli se hospeda no hotel-fazenda onde ocorrerá o casamento. Ele precisa descobrir o lobo entre as ovelhas. E rápido. Pois, a cada nova ameaça, o chantagista eleva o tom e falta pouco para a bomba explodir.

O CASAL ESTÁ PRONTO PARA O SIM. OS PADRINHOS ESTÃO POSICIONADOS. A NOIVA SE PREPARA PARA CAMINHAR PELO TAPETE VERMELHO. ATÉ QUE ALGUÉM DIZ: NÃO SAIA DO CARRO!

Enquanto a plateia espera ansiosa em frente ao altar, algo brutal acontece na antessala. Só quando veem as paredes lavadas com sangue é que os convidados se rendem ao desespero. Começa uma confusão para interromper a marcha nupcial e chamar a polícia. Ninguém sabe o que fazer. E Bardelli, que lidava com um caso de extorsão, descobre que se meteu em algo muito pior. Agora, ele é o único capaz de encontrar respostas. O problema é que as mortes não param de acontecer...

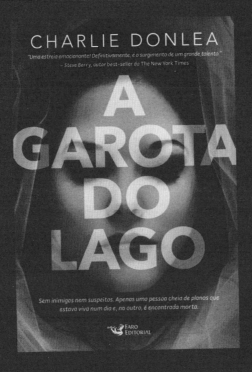

ALGUNS LUGARES PARECEM BELOS DEMAIS PARA SEREM TOCADOS PELO HORROR...

Summit Lake, uma pequena cidade entre montanhas, é esse tipo de lugar, bucólico e com encantadoras casas dispostas à beira de um longo trecho de água intocada.

Duas semanas atrás, a estudante de direito Becca Eckersley foi brutalmente assassinada em uma dessas casas. Filha de um poderoso advogado, Becca estava no auge de sua vida. Era trabalhadora, realizada na vida pessoal e tinha um futuro promissor. Para grande parte dos colegas, era a pessoa mais gentil que conheciam.

Agora, enquanto os habitantes, chocados, reúnem-se para compartilhar suas suspeitas, a polícia não possui nenhuma pista relevante.

Atraída instintivamente pela notícia, a repórter Kelsey Castle vai até a cidade para investigar o caso.

... E LOGO SE ESTABELECE UMA CONEXÃO ÍNTIMA QUANDO UM VIVO CAMINHA NAS MESMAS PEGADAS DOS MORTOS...

A selvageria do crime e os esforços para manter o caso em silêncio sugerem mais que um ataque aleatório cometido por um estranho. Quanto mais se aprofunda nos detalhes e pistas, apesar dos avisos de perigo, mais Kelsey se sente ligada à garota morta.

E enquanto descobre sobre as amizades de Becca, sua vida amorosa e os segredos que ela guardava, a repórter fica cada vez mais convencida de que a verdade sobre o que aconteceu com Becca pode ser a chave para superar as marcas sombrias de seu próprio passado...

**ASSINE NOSSA NEWSLETTER E RECEBA
INFORMAÇÕES DE TODOS OS LANÇAMENTOS**

www.faroeditorial.com.br

ESTA OBRA FOI IMPRESSA

EM FEVEREIRO DE 2020